스트로베리 문

Strawberry Moon

스트로베리 문

아쿠타가와 나오 지음
이진아 옮김

Strawberry

Moon

소미미디어
Somy Media

차례

프롤로그 · 7

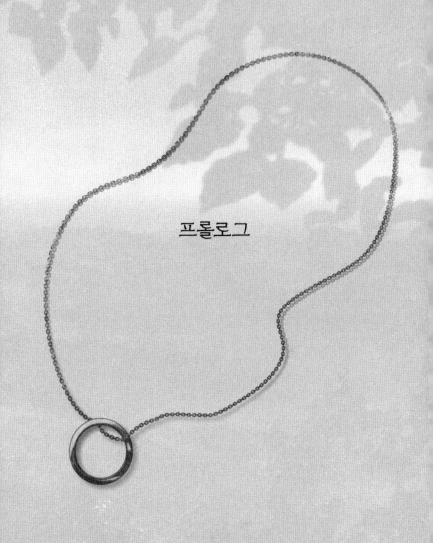

프롤로그

"있잖아, 사토는 스트로베리 문이라는 거 알아?"

"응? 스트로베리 문?"

갑작스러운 질문이었다. 그녀는 조금 짓궂은 미소를 짓고 칠판지우개를 든 채 다가왔다.

"어렵게 설명해 줄까? 아니면 로맨틱한 설명이 좋아?"

장난스럽게 입꼬리를 올리고 묻는다.

"뭐? 그게 무슨 뜻이야?"

"학자 선생님이 가르쳐 주는 식으로 말할까? 사랑에 빠진 소녀가 알려 주는 식으로 말할까?"

"으음…… 잘 모르니까 학교 선생님으로 할게!"

"의외로 보수적이구나!"

보수적이라는 말에 실망시킨 기분이 들어서 나는 속으로 잘못 골랐다고 후회했다.

그날, 그 순간, 그 교실에는 레몬 같은 시트러스 계열의 새콤달콤한 향이 감돌았다.

지금도 여전히 좋아하는 향이다.

2023년 6월 4일

외과 병동에서 일하기 시작한 지 2년이 지난 지금도 왠지 불안하다. 철근 콘크리트로 지은 하얀 벽에서 열을 느끼지 못하기 때문이다. 무기질적이고 불변하는 이 차가운 구조물은 아무런 의미도 없이 그곳에 존재한다.

여기서 싹을 틔운 생명이나 반대로 끊어진 실은 마치 생명의 릴레이와 같다.

인간은 결코 그 릴레이를 거스를 수 없다.

하지만…… 조금이라도 그 끝을 거스르기 위해 머리가 아닌 마음이 먼저 움직이곤 한다.

나는 혼자 그것이 '나다워서' 좋다고 생각한다.

"의사 양반, 내 간은 어때? 완벽하게 나았으려나?"

환자의 몸을 살피던 손을 멈추고, 질문한 사람을 향해 고개를 들었다.

"무라야마 씨, 이제 괜찮습니다. 경과도 양호하고 주치의인 오타키 선생님도 그렇게 말씀하셨으니, 이번 주말에는 퇴원할 수 있을 겁니다."

파자마 차림에 흰 털이 섞인 덥수룩한 수염. 주름이 새겨진 원숙한 얼굴이 환하게 밝아졌다. 의사도 환자도 퇴원을 알리는 순간이 서로에게 가장 행복한 때임이 분명하다.

나 역시 웃는 얼굴에 맞춰 나름대로 최대한 웃는 얼굴로 마주 보았다.

그때 문득 무라야마 씨가 대여한 텔레비전으로 시선을 옮기고, 여성 아나운서가 영상과 함께 말하는 내용에 의식을 집중했다.

"6월 4일, 오늘 밤에 뜨는 보름달은 스트로베리 문입니다. 미국의 선주민들……."

올해 스트로베리 문도 6월 4일…… 이런 우연이 다 있구나…….

"의사 양반, 무슨 문제라도 있는가?"

"어, 아니요, 잠깐 생각할 일이 있어서요. 죄송합니다."

"선생도 고민이 있으면 언제든지 나에게 의논해. 특히 여자 문제라면 내 전문 분야니까."

"에이, 무라야마 씨, 선생님은 우리 병원의 기대주니까 놀리지 마세요!"

수간호사가 주의를 주었다.

"고맙습니다, 무라야마 씨. 퇴원할 때까지 무리하지 마세요."

"물론이지, 얼른 바깥 공기를 마시고 싶으니까."

"그럼 실례하겠습니다."

병실 문으로 나가려던 때였다.

"……의사 양반! 여자는 영혼으로 부딪히면 잘될 거요."

자신이 명의라도 되는 양 말하는 무라야마 씨의 모습에 피식 웃으며 나는 인사를 하고 병실을 뒤로했다.

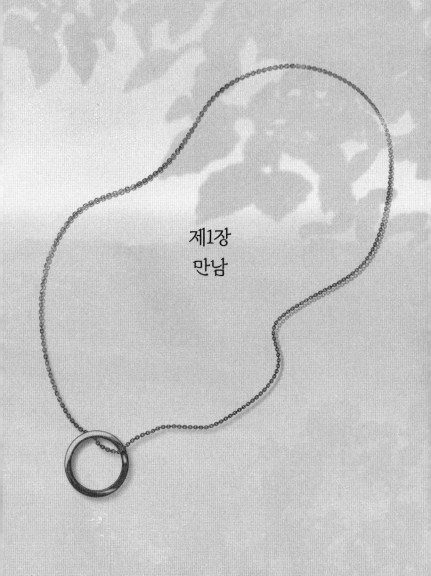

제1장
만남

미소녀

메노미강을 따라 이어지는 벚나무에서 바람을 타고 하늘하늘 날리는 꽃잎. 그 정경이 몹시 환상적이라 마음 한구석을 강하게 사로잡는 것 같았다. 벚꽃잎이 날리는 풍경은 매년 봄의 시작을 알린다. 강을 향해 가지를 뻗은 벚나무의 꽃잎이 수면을 온통 뒤덮었다. 수면에 닿는 순간, 벚나무라는 생명의 존귀함과 아련함을 동시에 느끼게 되는 것일지도 모른다.

강과 벚나무를 따라 낙하 방지를 위한 녹색의 철조 펜스가 설치되어 있다. 그 너머로 체육관이 떡하니 존재감을 주장한다. 그곳에서 악대부가 연주하는 소리가 생각보다 더 시끄럽게 들렸다. 웅장하게 들리는 연주도 오늘 나에게는 우울하고 거슬릴 뿐이다. 유감스럽게도 악대부가 연주하는 악곡은 이미 식이 막바지에 다다랐다는 사실을 은근히 전달하고 있었기 때문이다. 나는 짧고 깊은 한숨을 내뱉었다.

"후우…… 입학 첫날부터 지각이라니 이미지에 안 좋겠

지……."

아무리 혼자 한탄해도 현실은 달라지지 않는다. 나는 마음을 가다듬고 새로 산 가방을 옆구리에 단단히 들었다. 울적한 기분으로 체육관 옆을 지나쳤다. 종종걸음으로 교문을 향해 나아갔다.

근대적인 하얀 콘크리트. 이어서 신설된 학교 건물이 나를 맞이했다. 교문 중앙에는 '현립 도키와미나미 고등학교'라 쓰인 명판이 커다란 존재감을 드러내고 있다. 평소에는 지나칠 때 전혀 신경 쓰이지 않았으나, 입학 첫날의 명판은 지각한 나를 압박하는 킬러 아이템이 되었다. '관계자 외 통행금지'라고 위압적으로 쓰인 교문을 힘을 주어 옆으로 드르륵 밀었다. 좌우에 아무도 없는 것을 확인하고 몸을 슬쩍 밀어 넣었다.

"거기! 지각이야?"

갑자기 말을 걸어오는 바람에 깜짝 놀랐다. 밝고 또렷한 목소리가 무방비한 나의 뒤에서 갑자기 들려왔다. 학생 지도를 맡은 선생님일까? 얼굴만 목소리가 들린 방향으로 천천히 돌렸다.

그곳에는 도키와미나미고 교복을 입은 검은 머리의 소녀가 서 있었다. 나무 옆에 홀로.

하얗고 빳빳한 옷깃이 모범생의 상징처럼 보인다. 소녀는 어안이 벙벙한 나를 보고 작게 웃음을 터뜨렸다. 딱딱한 표정이 단숨에 웃는 얼굴로 변했다.

그 모습이 이성 친구를 잘 모르는 내가 보아도 바로 알 만큼 예뻤다. 초록색 체크무늬 치마 밑으로 하얗고 긴 다리가 쭉 뻗어 있다.

얼굴 너무 작아! 눈도 엄청 커! 진짜 예쁘다!

그것이 그녀에 대한 나의 첫인상이었다.

"네…… 그런데요."

너무 퉁명스러웠을지도 모른다. 그러나 그것이 갑자기 말을 거는 바람에 깜짝 놀란 내가 할 수 있는 최선의 대답이었다. 소녀는 다시 살짝 웃고는 빠르게 질문을 해왔다.

"너, 혹시 신입생이야?"

이 아이는 나처럼 지각한 게 아닌 건가?

그렇다면 왜 이렇게 여유로울까?

신입생이냐고 물었으니 선배인가?

"아, 네."

일단 낯선 미소녀의 질문에 솔직하게 대답했다. 그러나 마음은 지금까지 경험해 본 적이 없을 만큼 일렁였다. 상대방의 정체는 모르지만, 나의 인생에서 가장 예쁜 소녀가 눈앞에 있기 때문이다. 그 상황에 나는 완전히 허를 찔려 동요를 감추는 데 필사적이었다.

아주 짧은 대화였지만, 나는 이 순간 그녀의 웃는 얼굴과 목소리에 매료되었다. 혹시 지금 거울을 본다면 눈꼬리는 내려가고 콧구멍은 벌름거리고 있을 것이 틀림없다. 자신이 놀라울 만큼 헤벌쭉거리는 얼굴로 예상되었기에 애써 상상하지 않으려고 했다.

나의 이름

"후후후. 입학식 날에 지각이라니, 너 제법 대담하구나!"

교복을 입은 소녀는 지각한 나를 '입학식 지각=엄청난 바보'라고 놀리는 것일까?

처음 만난 사람에게 무시당한 기분이 들어서 나는 아주 잠깐 속으로 화를 내고 말았다. 평화주의자인 나로서는 드문 일이다. 평소에는 타인에게 공격적인 감정을 느끼는 일이 거의 없다. 그럼에도 이때는 충동적으로 입을 삐죽거리며, 그 소녀를 조금 불만족스러운 얼굴로 쳐다보았다.

나의 시선을 알아챈 소녀가 일부러 화제를 바꾸려는 듯 대화를 이어 나갔다.

"근데 너, 네가 몇 반인지 알아?"

"아니……."

나는 고개를 가로저었다. 스스로도 한심하지만, 조금 전의 작은 적의는 소녀의 꾸밈없는 웃음 앞에 바로 사라졌다. 다시 한번 이 상황을 냉정하게 판단하려고 마음먹었다. 처음 만났는데 이렇게 스스럼없이 구는 이 예쁜 소녀는 대체 누구일까?

무엇보다 나를 가장 동요하게 한 건 이미 이 소녀에게 마음이 끌리고 있다는 점이었다.

이 얼마나 매력적인 웃음인가. 소녀의 웃는 얼굴이 나의 마음을 완전히 지배했다. 그녀는 그 정도의 파괴력을 지닌 사람이었다.

"네 이름이 뭐야?"

그녀는 나의 뛰는 심장과 동요 따위는 무시하고 자꾸 질문했다. 처음 만났을 터인 나에게 무슨 까닭인지 매우 붙임성 있게 다가온다. 하지만 솔직히 말해 싫지 않다. 친근함이 더 강해서 부정적인 인상을 전혀 느끼지 못했기 때문이다.

"사토 히나타."

정체를 밝히지 않은 사람에게 자신의 이름을 먼저 말하는 것에 조금 거부감이 들었다.

"사토 히나타…… 사토 히나타……."

손에 들고 있던 바인더 속의 명부를 확인하는 모양이다. 그 리스트에서 나의 이름을 찾는 것 같았다.

"아, 여기 있네. 사토 히나타는 1학년 4반이야. 그런데 체육관에서 열린 입학식은 앞으로 이삼십 분 뒤면 끝날 것 같은데, 그래도 참석할래?"

짓궂은 미소가 지닌 파급력에 내성이 없는 나는 이미 녹다운 직전이었다. 상큼한 미소가 그녀를 매력적으로 더욱 귀엽게 보이게 했다.

"아니면 내가 교실까지 데려다줄까?"

무엇을 해 준다는 말은 그리 좋아하지 않는다. 게다가 좀 예쁘다고 해서 거만하게 구는 타입은 더욱 좋아하지 않는다. 그렇게 생각하고 살아왔다. 그런 고정관념도 바로 깨졌다. 아무래도 이 소녀는 깔보는 게 아니라 붙임성이 좋기에 나오는 말 같다.

입학식 마지막에 "지각했습니다" 하고 체육관에 있는 모든 사람 앞에서 주목받는 일은 사양하고 싶다. 입학식 중간에 어색하게 뒷자리에 앉는 부담스러운 경험도 하고 싶지 않다. 전교생 앞에서 입학하자마자 망신을 당하기는 싫다. 본의 아니게 이름이 알려지게 될 것이 뻔하다.

"아니요, 혼자 갈 수 있으니 괜찮습니다."

그 불편한 제안을 애써 거절했다. 뜻밖의 대답이었던 모양이다. 그녀가 입꼬리를 올리고 말했다.

"그래? 그럼 1학년 4반 교실은 저기 보이는 하얀 건물의 3층 오른쪽에서 두 번째 교실이야!"

그러고는 오른손으로 수십 미터 앞에 있는 건물을 가리켰다. 그 가늘고 하얀 예쁜 손가락에 순간 시선을 빼앗겼다.

"고, 고마워요……."

이성과 대화하는 것이 능숙한 편은 아니지만, 나 나름대로 마음을 담아 감사의 말을 전했다. 객관적으로 봐도 놀랄 만큼 어색한 미소를 짓고 가볍게 인사했을 것이다. 내가 그녀의 옆을 종종걸음으로 지나치려고 할 때였다.

"잘 가! 사토 히나타! 나중에 보자!"

갑자기 어깨를 톡 두드리며 그녀가 말했다. 스쳐 지나가는 순간, 고개를 들자 시선이 마주쳤다. 맑은 눈동자에 다시 빨려 들어갈 것 같다. 슬로모션 같은 느낌이다. 그녀의 옆얼굴이 느린 재생이라도 한 듯 머릿속에 멋대로 새겨졌다.

그때 바람이 불어 그녀의 머리가 나의 눈앞을 스쳤다. 샴푸인지 모르겠지만, 시트러스 계열의 향긋한 냄새가 내 주변을 온통 감쌌다.

교실의 왕

　10미터쯤 걸어가다 나의 가장 큰 실수를 깨달았다. 깜박하고 그녀의 이름을 묻지 않았던 것이다.

　알아차렸을 때는 거리상으로도 이미 늦었다. 굳이 돌아가 묻는 건 구차한 느낌이 들고, 체면도 서지 않는다. 완전히 타이밍을 놓치고 말았다.

　그녀는 대체 정체가 뭘까?

　이 학교 교복을 입고 있었으니 선배인가?

　아니면 동급생?

　하지만 동급생은 모두 체육관에 있으니, 그건 아닌가?

　나의 머릿속이 그 해사하게 웃는 얼굴로 침식되어 갔다.

　시간을 두고 태연한 몸짓으로 뒤를 돌아보았다. 그때 보인 건 그녀가 건물에서 나온 부모님처럼 보이는 남성과 여성 사이에서 담소를 나누며 다른 방향으로 걸어가는 뒷모습이었다.

나의 착각일지도 모르지만, 그녀는 몇 번이나 이쪽을 돌아보았다. 게다가 나에게 시선을 보내며 계속 미소를 짓는 듯했다.

하얀 철근 콘크리트. 그 한쪽 면에 설치된 유리문을 열자 예상대로 철제 신발장이 있었다. 내 신발을 어디에 놓아야 할지 몰라서 대충 신발장 위에 올려두었다. 가방 안에 든 주머니에서 실내화를 꺼내 타일 바닥에 아무렇게나 떨어뜨렸다.

실내화가 팔(八)자로 놓였기에 그에 맞춰 몸을 비틀어 발을 넣었다. 매번 그렇지만 실내화를 떨어뜨렸을 때, 신기 편한 각도가 만들어진 적이 전혀 없다. 발끝을 톡톡 두드려 발꿈치의 위치를 조절했다.

신발장 바로 오른편의 계단을 통해 교실이 있는 3층으로 하나씩 올라갔다. 지각한 덕에 기적처럼 예쁜 소녀와 마주치며 마음이 상기되었는지 생각보다 계단을 오르는 몸이 가벼웠다.

이 시간에는 다들 아직 체육관에 있을 테니 교실에는 사람이 있을 리가 없다. 아무도 없는 학교는 적막해서, 고요

함이 계단이며 복도 전체를 지배하고 있었다. 아무런 소리가 들리지 않는 가운데 3층까지 올라가 1학년 4반 교실 문을 단숨에 열었다. 예상대로 텅 비어 있다.

인간이 존재하지 않는 교실은 왠지 살풍경스럽고 활기가 없다. 이리저리 둘러보며 교실 안으로 들어갔다. 책상에 붙어 있는 글자를 확인하며 나의 이름을 찾았다. 천천히 의자를 당겼다. 끼익하는 소리가 교실 안에 울렸다. 가방을 책상 위에 아무렇게나 놓고 천천히 의자에 앉았다.

넓은 교실 안에 혼자 있다. 귀중한 시간이 나를 편안하게 감싸 주었다. 앞으로 시작될 고등학교 생활의 시작 지점에 선 것이다. 지각이라는 현실로부터 도피하자 행복한 기분이 마음을 가득 채웠다. 십 분쯤 멍하니 앉아 아무 생각도 하지 않았다. 평소에는 교실에서 맛볼 수 없는 혼자만의 시간을 만끽했다.

교실에서 혼자 있는 시간이 길어지면 길어질수록 자신이 마치 교실의 왕이라도 된 듯한 착각에 빠진다. 동시에 외톨이라는 쓸쓸함이 뒤섞였다.

갈색 나무 책상. 나무 의자. 황토색의 무언가, 옅은 갈색인지 모르겠지만 평범한 커튼. 녹색 칠판. 하얗고 동그란 시계가 벌써 열 시 삼십 분을 가리키고 있었다.

그때 갑자기 교실 문이 열렸다.

바로 문으로 시선을 옮겼다.

그곳에는 아까 만난 소녀가 서 있었다.

미소를 머금고 호기심인지 호의적인지 모르겠지만, 아까처럼 커다란 눈으로 나를 뚫어지게 응시하고 있다.

소녀의 이름

어? 혹시 같은 반인가?

"사토 히나타, 두 번째 안녕이네!"

그렇게 말하고는 칠판을 배경으로 내 자리를 향해 즐거운 표정으로 점점 다가왔다. 그녀가 지닌 온화한 분위기가 나의 방어선을 단숨에 돌파했다. 순식간에 퍼스널 존으로 침입해 온다.

아까는 알아차리지 못했지만, 어깨까지 오는 검은 머리가 무척 예쁘다. 쭉 뻗은 스트레이트로 무척 윤기가 난다. 얼굴도 그렇지만 황홀할 만큼 예쁜 머릿결이다.

예쁜 외모에 걸맞게 머리카락까지 예쁜 소녀. 넋을 잃고 바라보던 내가 정신을 차리자 그녀는 이미 나의 근처까지 와 있었다.

"내 자리는……."

아무래도 자신의 자리를 찾고 있는 모양이다. 역시 그녀는 선배가 아니라 같은 반 동급생인가 보다.

"아, 여기다!"

내 자리 앞에서 멈춘다. 마치 보물찾기를 하다 숨겨진 보물을 발견한 아이 같다. 그녀는 나를 향해 아까처럼 친근한 표정으로 천진난만하게 하얀 이를 드러냈다.

"사토 히나타의 앞자리네."

나는 그 자리에 붙은 명찰로 곧장 시선을 보냈다.

'사쿠라이 모에'

사쿠라이…… 모에가 맞겠지…… 왠지 외모에 어울리는 연예인 같은 이름이다. 얼굴도 연예인처럼 예쁘고, 이름도 예쁘다. 이름이 그 사람을 드러낸다는 말은 완전히 이 아이를 위해 존재하는 것이나 마찬가지다. 게다가 무언가 신비한 분위기라고나 할까, 오라 같은 것이 감돈다.

지금까지 본 바로는 그녀는 붙임성 있는 사교적인 성격인 듯하다. 붙임성 있다는 표현이 올바른지는 모르겠지만, 그녀의 흘러넘칠 듯한 웃음은 사람의 경계심을 단숨에 풀어버리게 작용한다. 그렇게 표현하는 것이 옳다고 그때는 생각했다. 나는 입학하자마자 앞자리의 그녀에게 마음을 뺏기고 만 것이다.

교실 안에 단둘이 있다는 상황이 마치 운명이라며 나를 착각하게 했을지도 모른다.

"저기, 사토 히나타! 사실은…… 나도 지각이야. 우리 똑같네."

치마를 넓게 펄럭이며 의자에 두 팔을 감는다. 50센티미터쯤 거리를 두고 그녀가 뒤를 향해 살며시 앉았다. 볼 마음은 전혀 없지만, 순간 치마 속이 보일 것 같아 움찔했다. 교실에 들어와 벌써 세 번이나 사토 히나타라고 불렸다. 그녀는 내가 이름을 알린 뒤로 쭉 무슨 까닭인지 나를 풀네임으로 부른다.

"어?"

"있잖아, 입학하자마자 교실에 단둘이 있으면, 다른 애들이 무슨 사이인지 의심할까? 어때, 사토 히나타?"

"어?"

두 번째 "어?"가 입에서 새어 나왔다. 처음은 '그렇구나' 하는 관심이 담긴 말. 두 번째는 '생각지도 못했다'라는 뜻이었다.

"농담이야! 농담! 뭘 빨개지고 있어?"

장난스럽게 웃는 얼굴. 벌써 5분 만에 네 번째 풀네임 연호. 아직 4월인데 등에서 괜스레 땀이 폭포처럼 흘러내렸다.

"아니거든."

창피하다…… 그래서 조금 강하게 말하고 고개를 돌려버렸다. 어조가 강했던 것을 바로 후회했다. 조심스럽게 고개를 들었다. 그녀 쪽으로 시선을 옮기자 그녀는,

"흐음. 그렇구나. 아쉽네."

나를 올려다보며 의미심장한 말을 중얼거렸다.

심장이 직접 움켜잡힌 듯 두근거렸다.

가까운 거리에서 본 그녀의 파괴력은 상상 이상이었다. 속눈썹이 말려 올라가 큰 눈을 한층 더 화사하게 만들었다. 오뚝한 콧날과 귀여운 입술. 그리고 작은 얼굴은 미소녀

라는 말이 가장 어울린다. 아까부터 등도 그렇지만, 겨드랑이도 차가울 만큼 땀이 나고 있다.

그런 그녀 너머로 한 남성이 서 있는 것을 발견했다. 흰머리가 섞인 중년 남성이다. 눈썹을 올리며 놀란 표정을 짓더니, 고개를 갸웃하며 이쪽을 바라본다. 나는 아! 하고 그가 누구인지 바로 알아챘다.

담임 선생님이다. 남성이 입을 열었다.

"너, 사토 맞지?"

선생님은 사쿠라이 모에에게 친근한 태도로 손을 들어 인사했다. 무슨 까닭인지 나에게만 질문한다. 아무래도 사쿠라이 모에는 전부터 선생님과 면식이 있는 모양이다.

"아, 네."

자리에서 일어나 대답했다.

"왜 여기 있는 거냐? 입학 첫날부터 지각이야?"

선생님은 화가 난 모습이 아니라, 의외로 불성실한 녀석이었나 하는 태도였다. 솔직히 다행이다. 혼나지 않는 것이 최고다.

"사쿠라이, 부모님은 아까 교장 선생님을 만나 뵙고 돌아가셨어."

나와 그녀에 대한 태도가 전혀 다르다는 기분이 든다. 혹시 귀여운 애를 우선하는 성격인가? 아니면 과보호하는 담임인가?

"후훗, 선생님, 사토는 지각했으니 오늘 벌로 청소 당번을 시키는 게 어때요?"

그때 그녀가 갑자기 선생님에게 큰 소리로 최악의 제안을 했다.

"어? 나 말이야?"

다시 앉아 있던 의자에서 엉덩이를 들었다. 바로 거부하려고 했지만 때는 이미 늦었다.

"그러게. 그럼, 사토! 넌 방과 후에 청소하고 가라."

"네? 아, 아니, 그건!"

"선생님! 저도 같이 청소 당번해도 될까요?"

나는 뜻밖의 말에 놀라 그녀를 바라보았다.

"어, 그건…… 늦어지면 부모님께서 걱정하지 않으실까?"

선생님이 조금 곤란한 표정을 지었다.

"미리 연락하면 괜찮아요."

"선생님이 연락해 줄까?"

음? 뭐지, 이 태도의 차이는.

"괜찮아요."

사쿠라이 모에가 담임에게 대답한 순간, 요란하게 계단을 올라오는 소리가 복도에 울렸다.

청소 당번

교실로 같은 반 학생들이 소란스러움과 함께 흘러가는 흐린 물처럼 들어왔다.

"어라? 히나타? 여기 있었어? 지각한 거야?"

나를 발견한 한 학생이 교실 안에 들리도록 커다란 소리로 외치며 다가왔다.

"입학 첫날부터 무슨 짓을 저지른 거야? 아무튼 우리 같은 반이야!"

그의 이름은 가와무라 겐이치, 일명 가와겐이다. 이어서 다가온 사람은 후양이라 불리는 후쿠야마 린타로. 두 사람이 내 자리로 다가왔다. 초등학교 때부터 질긴 인연인 그들에게 지각한다고 메시지를 보냈지만, 이 학교는 본래 휴대전화 지참 금지인 데다 입학식 도중이었기에 읽었다는 표시가 뜨지 않았다. 따라서 내가 지각한 사실을 몰랐던 듯하다. 반대로 나는 그들과 같은 반일 줄은 생각지도 못했기에 놀랐다.

"그럼 나중에 얘기하자."

사쿠라이 모에가 칠판 쪽으로 몸을 돌리기 전에 작게 속삭였다.

나는 연애 사기를 당하고 있다. 틀림없다.

왜 방금 만난 나에게 이렇게 친근하게 대할까? 원래 성격인가?

그에 대한 대답은 얼마 지나지 않아 아주 잘 알게 되었다. 누구에게나 친근하고, 명랑한 성격에 쾌활한 아이. 여자에게도 남자에게도 인기가 많다. 순식간에 우리 반에서 제일 인기인이 되었다. 아니, 학교 제일의 인기인이 되는 데에도 그리 시간이 걸리지 않을 것이다.

성적 우수. 외모도 아이돌급. 스타일은 모델급. 심지어 성격도 좋아 흠잡을 곳이 없다.

천진난만이란 사쿠라이 모에를 위해 있는 말처럼 느껴졌다.

사쿠라이 모에가 몸을 비틀어 앞을 보았다. 곧바로 가와겐과 후양이 앉아 있던 나를 일으켜 도망치지 못하게 구속하더니 사물함 쪽으로 강제로 끌고 갔다. 작은 목소리지만 장난스러움이 담긴 미소를 짓고 신나게 나를 신문하기 시작했다.

"누구야?"

"엄청 예쁘잖아! 연예인 수준인데."

이 틈을 노려 목에 슬리퍼 홀드를 단단히 걸었다. 그가 항복하는 의미를 담아 팔을 두 번 터치하였으나, 절대 봐주지 않았다.

"아무튼 누구야?"

"아니, 나도 몰라…… 오늘 처음 만났으니까."

"그런 것치고는 꽤 친해 보이던데!"

뒤에서 몸을 구속하고 있던 가와겐이 팔에 더욱 힘을 주었다.

"아까부터 나도 잘 모른다고 했잖아."

몸으로 가벼운 펀치가 날아왔다. 하지만 무슨 까닭인지 오늘만은 전혀 아프지 않다. 가와겐과 후양의 눈에도 연예인처럼 예쁘게 보이는 여자와 입학하자마자 대화를 나눈 기적이 나에게 일어났기 때문이다. 그 일로 조금이지만 친구들에게 우월감을 느꼈다. 나의 인생에서는 전혀 없던 이 성과의 만남이다.

오전에는 담임의 자기소개, 규칙과 수업 내용 설명, 의견 교환 같은 것으로 시간이 지나갔다.

"그럼 오늘은 이것으로 끝입니다. 내일은 방과 후에 부 활동 견학이 있으니, 아직 마음을 정하지 못했지만 관심이 있다면 이 기회를 활용하도록 하세요."

그 말을 남기고 담임인 야마시타 선생님은 교단에서 내 려갔다. 그대로 교실 문으로 걸어간다. 선생님이 교실에서 나가려는 것을 알자마자 교실이 단숨에 소란스러워졌다.

담임이 문에 손을 댄 순간 다시 몸을 돌려 학생들 사이 를 지나 우리 두 사람 쪽으로 다가왔다. 그러고는 눈앞에 앉아 있는 사쿠라이 모에에게 물었다.

"사쿠라이, 정말 괜찮겠니?"

"네."

사쿠라이 모에가 환한 미소를 지으며 대답했다.

"사토, 벌 청소는 네가 지각했기 때문이야! 사쿠라이에 게 무거운 것은 들게 하지 마라!"

"선생님!"

사쿠라이 모에가 야마시타 선생님에게 정말 괜찮다고 대답했다.

"어, 응…… 미안, 미안."

"그럼 사토, 사쿠라이. 교실 청소 잘 부탁하마."

"네."

"앗, 네."

담임은 그렇게 전달하고 빠르게 걸어 뒷문으로 나갔다.

한적해진 교실에 학생 그룹이 몇 개 생겼다. 물론 내 주위에도, 사쿠라이 모에 주위에도.

"있잖아, 모에! 어떡할래?"

"미안해, 지카! 먼저 돌아가지 않을래? 난 선생님에게 교실 청소를 부탁받았거든."

"내가 도와줄까?"

"괜찮아, 사토와 둘이 하라고 하셨거든."

"사토?"

"응, 뒤에 있는 남자애."

모에라는 단어와 뒤에 있는 남자애라는 말만 알아들었다. 이쪽은 이쪽대로 아까부터 계속 가와겐과 후양이 놀리고 있기 때문이다.

"왜 너만 저런 예쁜 애랑 청소 당번을 둘이 하는 거냐고!"

"나도 몰라! 선생님께 말해!"

나는 입을 삐죽거렸다. 아무래도 히죽거리는 표정이었는지 마음에 안 든다며 이번에는 헤드록을 걸어왔다.

다시 담임이 교실로 돌아왔다.

"얘들아, 너희는 남아 있지 말고 어서 돌아가."

담임이 교실에 남아 있던 학생들을 재촉하여 돌려보냈다. 가와겐과 후양도 내키지 않는 얼굴로 교실에서 나갔다. 그 덕분이라고 하면 그렇지만, 교실에는 나와 사쿠라이 모에 두 사람만 있을 수 있었다.

도시 전설

아침처럼 이런저런 말을 걸지 않을까 기대했다. 그런데 이유는 모르겠지만, 사쿠라이 모에는 묵묵히 청소 준비를 시작했다.

대화가 없는 상태로 5분쯤 지났다. 힐끔힐끔 보았지만,

전혀 이쪽을 보려고 하지 않는다.

나는 침묵을 버티지 못하고 먼저 입을 열었다.

"저기, 혹시 화난 거 있어?"

등을 돌리고 칠판 쪽을 향하고 있던 그녀. 나의 질문에 호응하듯이 힘차게 몸을 반 바퀴 돌려 돌아보았다. 아침처럼 치마가 넓게 팔랑거렸다. 다시 가슴이 두근거린다.

"아, 참…… 미안, 미안. 청소에 집중하느라."

그렇게 말하고 혼자 킥킥 웃는다.

"혼자 쓸쓸했구나?"

그녀는 아침과 마찬가지로 천사처럼 순수한 미소를 지었다.

"어, 아니……."

"있잖아, 사토는 스트로베리 문이라는 거 알아?"

"응? 스트로베리 문?"

갑작스러운 질문이었다. 그녀는 조금 짓궂은 미소를 짓고 칠판지우개를 든 채 다가왔다.

"어렵게 설명해 줄까? 아니면 로맨틱한 설명이 좋아?"

장난스럽게 입꼬리를 올리고 묻는다. 모에의 "앉아서 들어!" 하는 몸짓에 일단 청소를 중단하고 가까운 자리에 앉았다.

"뭐? 그게 무슨 뜻이야?"

"학자 선생님이 가르쳐 주는 식으로 말할까? 사랑에 빠진 소녀가 알려 주는 식으로 말할까?"

"으음…… 잘 모르니까 학교 선생님으로 할게!"

"의외로 보수적이구나!"

보수적이라는 말에 실망시킨 기분이 들어서 나는 속으로 잘못 골랐다고 후회했다.

"스트로베리 문은 아메리카 선주민이 매달 뜨는 보름달에 붙인 이름 중 하나야. 달은 달과 태양이 지구를 사이에 두고 거의 정반대에 위치할 때 보름달이 되는데 여름과 겨울에는 달과 태양이 관측할 수 있는 높이가 반대가 되거든. 여름이 되면 태양이 높아지고, 해가 길어지는 거 알지?"

이 시점부터 그녀가 이야기하는 내용을 이해할 수 없었다. 무지를 들키는 것이 부끄러웠기에 그 정도 수준은 이미 안다는 표정을 지었다.

나의 얼굴을 확인하며 그녀가 말을 이었다.

"겨울에는 밤이 길어지고 태양이 낮아지잖아. 반대로 여름에는 밤이 짧아지면서 보름달의 높이는 낮고, 겨울에는 높아져. 하지 때 보름달은 지평선 가까이에 위치해. 아침놀과 저녁놀이 빛의 반사로 붉게 보이는 것과 마찬가지로, 지평선 가까이 있는 보름달도 시간대나 장소에 따라서는 붉은빛이 감도는 듯 보여."

그리고 두 손을 이용해 폴짝 뛰어 예의 없게 엉덩이로 책상을 깔고 앉았다. 목소리에도, 움직임에도 눈길을 빼앗겼다.

"아아…… 흐음, 그렇구나."

그녀가 지금까지 말한 학자의 강의 같은 내용을 전혀 이해하지 못했다. 멍청한 것을 들키기 전에 조금이라도 빨리 그녀의 말을 이해하기 위해 사랑하는 소녀가 로맨틱하게 알려 주는 쪽을 묻기로 했다.

"로맨틱한 쪽은 어떻게 설명하는 건데?"

그녀가 기다렸다는 듯 후후, 하고 웃었다.

"그럼 로맨틱한 버전으로 알려 줄게! 스트로베리 문이란 행운을 부르는 달이라고 해. 스트로베리 문이라는 이름의 유래는 두 가지가 있어."

그녀의 반짝거리는 눈과 표정이 눈부시다.

"흐음."

일부러 무뚝뚝한 반응을 보였다.

"하나는 붉고 동그란 형태로 떠오르는 게 마치 딸기처럼 붉은 달 같다는 뜻에서 이름이 지어졌다는 설. 다른 하나는, 미국에서는 딸기 수확을 6월에 해서 스트로베리 문이라 불리게 되었다는 설이야."

생긋 웃는다.

"……그게 로맨틱해?"

로맨틱한 요소가 부족한 느낌에 저절로 고개를 갸웃했다. 말하던 중에 성급하게 끼어들고 말았다. 나의 반응을 본 그녀가 말했다.

"기다려! 재촉하지 마!"

"어, 응."

그 말투가 너무 귀여워서 나는 좋아하는 유치원 선생님에게 지적받은 아이처럼 순순히 고개를 끄덕였다. 아무 의심도 없이 그냥 알겠다고 대답했다.

"스트로베리 문에는 인연을 맺어주는 효과도 있다고 해. 좋아하는 사람과 함께 보면 영원히 이어진다고…… 난 그 로맨틱한 미신을 믿어 보고 싶어. 앞으로의 인생에서 매년 좋아하는 사람과 함께 스트로베리 문을 바라보는 거야. 그게 나의 작은 꿈이야. 이상하려나?"

그녀가 꿈을 꾸는 듯, 그리고 조금 슬픈 눈으로 나를 응시했다. 왜 사쿠라이 모에는 나에게 이런 이야기를 하는 것일까? 그녀가 말을 이었다.

"아무튼 스트로베리 문은 하지 즈음에 볼 수 있어."

"와, 그랬구나?"

하지가 대체 언제였더라? 여름방학쯤인가? 애초에 15년간 하지를 의식하고 산 적이 없다. 정말 하지는 언제인 거지?

"올해의 스트로베리 문은 6월 4일, 월요일일 예정이래."

사귀는 사이

무릎에 양쪽 팔꿈치를 대고 손 위로 작은 얼굴을 올린다. 그러고는 나를 향해 망설이지 않고 얼굴을 가까이했다. 다행이다. 바보 같은 질문을 하지 않게 되어 살았다.

"저기, 사토는 여자 친구 있어?"

아까부터 질문이 너무 갑작스럽다.

"아니…… 없는데……."

긴장한 것이 그대로 드러나 어색한 공백의 시간이 흘렀다. 덥지도 않은데 이마와 등에서 땀이 동시에 흐르는 것이 스스로도 느껴질 정도다. 마음이 전혀 진정되지 않는다. 아침부터 이 아이와 만나서 얼마나 안절부절못하고 땀을 흘려야 할까.

"그렇구나…… 그럼 나를 사토의 여자 친구로 삼지 않을래?"

사쿠라이 모에라는 예쁜 소녀와 만난 지 고작 3시간밖에 지나지 않았다. 전혀 예상하지 못한 여자 친구라는 단어가 정수리에 직격했다. 생각지도 못한 그 말에 당황하여 의자에서 떨어지고 말았다. 스스로도 제어하지 못할 만큼 심장 박동이 혈관을 통해 고막으로 직접 들렸다. 그 정도로 엄청난 상황이다.

"어? 그게……."

그녀의 강한 파괴력을 지닌 공격적인 물음에 "어?"가 내가 할 수 있는 가장 큰 반응이었다. 이렇게 예쁜 소녀에게 그런 말을 듣는 일이 내 인생에 있을 수 있을까? 머릿속으로 온갖 상상이 떠올랐다.

"싫어?"

"싫은 건 아닌데……."

싫을 리가 없다. 아직 이 학교의 모든 여학생을 본 것은 아니지만, 학교에서 1, 2위를 다툴 미소녀라고 해도 과언이 아니다. 그 정도로 눈앞에 있는 사쿠라이 모에는 아름답고 예쁘다. 연예인처럼 예쁜 여자에게 입학하자마자 고백받고 거절하는 바보가 어디에 있단 말인가?

하지만…… 나는 그녀에 대해 아무것도 모른다. 그 때문에 조금 겁쟁이가 되어 망설이게 된다.

"싫지 않으면, 내가 여자 친구여도 괜찮아?"

"어, 응······."

왜 이렇게 적극적일까? 무심코 대답하고 말았다. 그녀가 걸터앉아 있던 책상에서 옆으로 토끼처럼 폴짝 뛰어내렸다. 실내화를 벗고 의자 위로 올라가더니, 교실 밖에도 들릴 법한 큰소리로 선서라도 하듯 선언했다.

"나, 사쿠라이 모에는 오늘부터 사토 히나타의 여자 친구입니다!"

어안이 벙벙한 나와 사쿠라이 모에의 연애는 나의 주도권이라고는 전혀 없는 상태로, 천진난만한 그녀가 모두 주도하여 입학식 당일, 이 순간에 시작되었다.

"얘들아, 너희 청소는 다 했어?"

담임이 타이밍을 잰 것처럼 얼굴을 드러냈다. 나도 사쿠라이 모에도 청소 같은 청소는 거의 하지 않았지만, 사쿠라이 모에가 생긋 웃으며 대답했다.

"끝났어요! 그렇지, 사토?"

나에게 윙크하며 말을 맞추라는 신호를 보낸다.

"아, 응."

담임에게 청소가 끝난 것을 보고했다. 담임 선생님이 말했다.

"사토, 내일은 지각하지 마라. 사쿠라이, 청소하게 해서 미안하구나."

"아니요, 제가 맡겠다고 나선 거니까 사과하지 마세요. 그럼, 먼저 가보겠습니다, 선생님!"

사쿠라이 모에가 가방을 안고 나보다 먼저 교실에서 나갔다.

그런 선언을 들은 뒤라 어안이 벙벙하고 조금 당황하였으나, 곧 정신을 차렸다. 교실에 남겨진 나는 잠시 생각에 잠겼다. 아까 일이 꿈인지 현실인지 돌이켜보았다.

먼저 돌아갔을 터인 사쿠라이 모에가 갑자기 복도 쪽 창문으로 얼굴을 내밀었다. 다소 장난꾸러기 요정처럼 들여다본다.

"사토, 아까 한 이야기 진짜거든. 이거 내 연락처야. 나중에 연락해 줘. 부족한 사람입니다만, 모쪼록 앞으로 잘 부탁드립니다! 그럼 안녕, 히나타."

처음으로 풀네임에서 이름만 불렸다. 오늘 몇 번째인지 모르겠지만, 너무 귀여워서 심장이 터질 듯하다. 그렇게 일방적으로 말을 마치고 창문 쪽 책상 위에 종이를 놓는다. 크게 손을 흔들고 떠나는 모습이 보인다. 종이에는 전화번호와 앱 연락처가 쓰여 있었다. 그것도 귀여운 글씨로.

막무가내인 그녀에게 밀린 형태로 우리의 교제는 시작되었다. 사귀는 사람도, 좋아하는 사람도 없었기에 첫날 만나자마자 사귄다는 충격적인 상황이라는 것 외에는 아무 문제가 없었다.

같은 음료수라도

다만 냉정하게 생각했을 때, 나여도 괜찮은가? 하는 의구심이 들었다. 학교 제일의 미소녀와 수준이 맞지 않는 것 같다. 아직 그녀에 대해 잘 모르므로, 이때의 나는 명확한 대답이 나와 있는 그것만 생각했다.

나는 굳이 따지자면 못생기지는 않았을지도 모르지만, 그녀와 수준이 맞을 만큼 잘생긴 얼굴도 아니다. 미남의 부류에는 속하지 않는 것 같다. 중학생 시절에는 안경을 썼으나, 여자애들이 자꾸 벗는 편이 멋있다고 해서 콘택트렌즈로 바꾸었다.

자주 듣는 말이라 인식은 하고 있지만, 나는 담백하고 말간 느낌의 얼굴이라고 한다. 히나타의 얼굴은 취향인 사람에게는 진짜 좋아할 만한 얼굴이야. 그렇게 가와겐과 후양도 전부터 종종 말하곤 했다.

반에서도 가와겐처럼 눈에 확 띄는 타입은 아니다. 어느 쪽인가 하면 수학여행에서 점호할 때도 선생님이 잊어버리는 부류에 속한다.

그에 비해 그녀에게는 타고난 화사함이 있다. 그 오라는 물론 눈에 보이지 않으므로 제대로 표현하기는 어렵지만, 밝은 오렌지색 같은 느낌이다.

음료수로 예를 들면, 따뜻한 물처럼 맛도 특징도 없는 평범한 나와 영국 왕실에서 마실 법한 아쌈 밀크티처럼 농후하고 달콤하며 고급스러운 맛인 그녀.

인생에서 처음으로 생긴 여자 친구가 사쿠라이 모에.

인생에서 처음으로 고백받은 상대가 사쿠라이 모에.

이런 믿기지 않는 고등학교 생활이 시작될 줄은 전혀 예상하지 못했다.

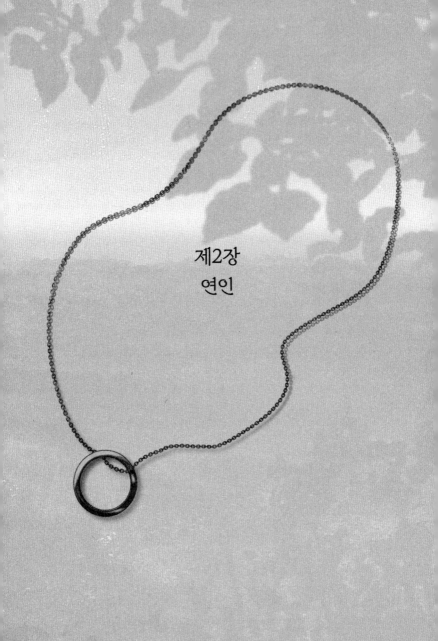

제2장
연인

기적 같은 생일

히나타, 오늘은 고마웠어. 다시 한번 여자 친구로서 앞으로 잘 부탁할게, 나의 남자 친구 씨!

솔직히 깜짝 놀랐지만, 나야말로 잘 부탁해. 정식으로 인사할게, 사토 히나타야

히나타 인사가 너무 딱딱해ㅋㅋ

앗, 미안해, 사쿠라이

사쿠라이라 부르는 것도 딱딱해~

그럼 뭐라고 불러?

음, 모에 짱이라고 해줘!

응. 알겠어

그날부터 히나타와 모에는 메시지 주고받기를 즐겼다. 말하고 싶어지면 전화로 한다. 가끔 정해둔 시간이 아슬아슬해질 때까지 길게 통화하는 때도 있다. 천천히 조금씩 거리를 좁혀 연인으로서 상대를 이해하고 알아갔다. 빈 시각은 호응하듯이 메시지가 오갔다.

생일은 언제야?

6월 4일

그럼 스트로베리 문의 날이란 말이야?

딩동댕. 히나타, 정답입니다! 맞아, 올해는 내 생일이야. 이런 우연,
이런 기적이 있을까?

모에 짱, 오래 기다렸겠네? 보통은 있을 수 없는 일이잖아

히나타는?

난 8월 16일

여름 남자구나! 참, 난 히나타를 히나타라고 부르는데 계속 이렇게
불러도 괜찮아?

응

나도 이름만 불러도 괜찮아! 한번 불러봐

어? 그래도…… 모, 에

에이, 왜 이렇게 어색해

난 이름만 부르는 게 익숙하지 않으니까 연습해서 제대로 부를게

응, 알겠어♡

참, 네가 좋아하는 음식은 뭐야?

체리. 히나타는?

난 만두랑 우설 스튜

형제는 있어?

응. 남동생

몇 살이야?

열세 살 차이 나니까 세 살

뭐? 그렇게 차이가 나? 좋겠다. 난 외동이라 부러워

응. 기저귀도 갈아주고, 분유도 먹이고 그래

귀엽겠네! 다음에 나도 보고 싶어

응. 눈동자가 커서 진짜 귀여워. 나중에 시간 맞으면 보여줄게. 넌 부 활동할 거야?

미술부에 들어가려고

그림 좋아해?

응. 옛날부터 좋아해서 계속 그리고 있거든. 히나타는?

난 아무 데도 안 들어가려고

그래?

어느 정도 서로를 알아보는 메시지를 주고받은 뒤에는 사소한 내용이 반 이상을 차지했다. 반 친구 이야기, 담임 이야기 등 끝도 없이 온갖 메시지가 매일같이 오갔다.

가와겐은 형과 쌍둥이라 얼굴이 똑같아서 항상 다쓰오

와 가즈오를 구분하지 못해 혼나는 이야기. 물리 담당인 다나카 선생님이 야한 DVD를 빌리는 모습을 2반의 다케다에게 목격당한 이야기. 심지어 여고생 시리즈. 동시에 기분 나쁘다는 것을 의미하는 이모티콘을 연발했다.

옆 반의 미카미와 사토무라가 사귄다든가. 정말 별것 아닌 이야기로 가득했지만, 둘이 대화하는 것이 매우 즐거웠다. 전화 통화도 했다.

"5반에 가와이라고 있잖아? 같은 반의 아키야마와 사귀고 있대."

"그렇구나."

"게다가 얼마 전에 엄청난 사건이 있었거든."

"뭔데?"

"지하 주차장에서 키스하는 걸 우메모토 체육 선생님에게 들켰대."

"뭐? 학교에서?"

"응. 어른스럽게 보여도 모를 일이라니까."

"저기, 그럼 히나타는 그거 알아? 학교 모퉁이를 돌면 나오는 정육점에서 파는 치킨 가라아게, 그거 구관조 고기라고 하더라."

"그럴 리가 없잖아. 그 말을 믿는 사람은 너밖에 없을걸. 정말 순진하다니까. 넌 그거 누구에게 들었어?"

"음, 미나가 그랬는데. 진짜 아니라고?"

"아하하하……. 다른 재미있는 이야기는 없어?"

"그거 말고는 아, 이건 지카가 말해 준 건데 사과랑 딸기랑 수박을 같이 먹으면 멜론 맛이 난대."

얼마 전에 산 스마트폰의 스피커 모드를 통해 흘러나오는 모에의 목소리 톤이 올라간 듯 들렸다.

"그럴 리가 없잖아. 모에는 미나와 지카란 애들과 진짜 친구 맞아?"

"친구 맞는데."

"모에가 너무 순진해서 놀리는 거 아냐?"

"그런가? 그러고 보니 히나타는 3반의 다카토와 소꿉친구였어?"

"응, 옛날부터 아는 사이야. 집이 가까워서 부모님끼리도 사이가 좋아 어릴 때부터 서로 집을 오가며 놀았거든. 여자랑 말하는 건 어색한 편이지만, 레이만은 별개라고나 할까. 그야 여자가 아니니까."

"……아니기는. 심지어 엄청 예쁘잖아. 다카토의 팬도 많아! 혹시…… 다카토가 히나타를 좋아하는 건 아닐까?"

조금 불안한 목소리로 들렸으나, 히나타는 모에의 의구심을 완전히 부정했다.

"절대 그럴 리 없어! 레이는 남자에게 관심이 없지 않을까?"

"그래? 나를 질투할지도 몰라."

히나타와 모에의 관계는 형식상 사귀고는 있지만, 아무 진전도 없는 중학생 연애의 연장선 같은 것이었다. 주말에는 그녀가 학원에 다니고 있기에 만날 수 있는 곳은 거의 학교뿐이었다. 학교에서도 인기인인 그녀는 혼자 있는 일이 거의 없다. 전화도 늦게까지는 할 수 없었는데 모에의 어머니가 다른 사람과 통화하는 것은 최대 20분이라고 정해두었기 때문이다.

학교 축제

그녀는 학교 제일의 인기인이다. 수준이 맞지 않음에 열등감을 느끼던 히나타는 사귀고 있다는 사실을 주위에 밝히기가 꺼려져서 비밀로 하고 있었다.

절친한 사이인 가와겐과 후양에게도 비밀이었다.

모에는 남자 친구가 있다는 것 자체는 사이가 좋은 미무라 지카에게만은 말한 모양이다. 하지만 그 상대가 히나타라는 사실은 비밀로 해달라고 했다. 너무 소문이 퍼지면 성가시므로, 다른 사람에게 말하지 말아 달라고 히나타가 모에에게 부탁하였다.

모에는 밝혀도 괜찮다고 했지만, 히나타가 애타게 부탁해 억지로 납득시켰다.

모에와 대화하는 시간은 쉬는 시간이나 부 활동이 끝난 방과 후, 그리고 밤 시간이 대부분이었다. 틈만 나면 전화를 했고, 수업 중이라도 꼭 전하고 싶은 말이 있으면 바로 앞자리이므로 노트를 찢어 들키지 않도록 몰래 쪽지를 전달했다. 이것은 들킬 위험성이 있어 정말 긴급할 때만 쓰는 방법이다.

최소한, 아주 가끔이라도 좋으니 하교할 때만이라도 같이 돌아가고 싶었다. 하지만 그것은 이루어지지 않았다. 모에는 금지옥엽인 딸이라 학교 앞으로 매일 어머니가 차로 데리러 오기 때문이다. 히나타가 묻자 모에는 다른 이유가 있는 건 아니고, 어머니가 매우 걱정이 많은 성격이기 때문이라고 했다.

차까지 배웅할 때 모에의 어머니가 히나타에게 조용히 인사를 하였으나, 그냥 형식적인 인사처럼 느껴졌다. 금이야 옥이야 키운 딸에게 붙은 해충이라고 생각하는 것은 아닐지 걱정된다.

쉬는 시간이 되면 인기인인 그녀 주위로 사람들이 몰려든다. 모에는 시선을 가끔 히나타에게 보낸다. 대화할 수 없기에 답답함을 느끼면서도, 히나타는 모에와 사귀고 있다는 현실에 작은 행복을 느꼈다.

신경 쓰이는 점이 있다면, 모에가 몸을 격하게 움직여야 하는 체육 수업은 반드시 빠진다는 것이었다. 그 부분을 히나타가 묻자, 중학생 때 건강이 나빠진 뒤로 심한 운동은 할 수 없다며 씁쓸한 얼굴로 대답했다.

어색한 분위기가 될 뻔하였기에 히나타는 그 이상 파고들지 않기로 했다. 차로 마중을 나오는 것과 관련이 있을지도 모른다는 생각에 그 이야기는 마음속에만 담아두었다.

도키와미나미 고등학교는 현에서 유일한 진학교인 것도 있어서 3학년에게 맞춰 학교 축제도, 체육대회도 1학기에 열린다. 2학기 이후에는 수험에 전념하라는 배려인 모양이다.

학교 축제는 골든위크*가 지난 5월 말. 체육대회는 한여름인 7월에 열리는 등 1학기에 행사가 집중되어 있다.

학교 축제에서는 반 단위의 회의를 통해 무엇을 할지 결정한다. 귀신의 집, 카페 등 다양한 부스가 학교 여기저기에 설치되고 특이한 부스도 매년 나온다. 예를 들면 개그 공연 같은 것이다. 물론 아마추어의 개그는 피식할 만큼 웃기지도 않고, 더군다나 의욕만 넘쳐 몸을 날리는 개그 정도여서 노력하는 사람도 있지만 눈에 띄지는 않는다. 시작해도 관객이 거의 없어 한산한 교실 안에서 출연자만 열심히 만담이나 콩트를 선보이는 안타까운 광경도 펼쳐진다.

모든 학생이 담당을 나누어 협력하는 행사이므로, 여러 중학교에서 모인 1학년은 이 축제를 통해 단숨에 친해진다. 도키와미나미 고등학교에서는 5월의 학교 축제가 끝날 무렵 여기저기 커플이 보이게 된다.

또한 7월 체육대회에서도 응원단과 치어리딩을 남자와 여자 중에서 신청을 받아 정한다. 여기서도 남자나 여자에

* 4월 말에서 5월 초에 걸친, 1년 중 휴일이 가장 많은 주간.

게 고백하는 모습이 눈에 띈다.

이 때문에 도키와미나미에서는 커플 학기라고도 부른다.

오히려 1학기에 행사를 집중시킨 결과, 커플투성이가 되는 현상에 진학교로서 괜찮은지 다른 학교 학생과 보호자는 걱정하지만, 무슨 까닭인지 여름방학이 지나면 대부분의 커플이 헤어져 있다.

이혼하는 이유 1위는 성격이 맞지 않은 탓이라고 하니까, 헤어진 커플도 비슷한 이유일 것이다. 학교 축제나 체육대회로 마음이 들떠 사귄 건 좋지만, 서로의 본질은 파악하지 못한 상태이다. 그 결과가 대량의 커플 성립과 여름방학 후 대량의 커플 이별 현상을 일으킨다.

2학기부터는 대부분의 학생이 학업에 전념한다. 이것이야말로 도키와미나미 고등학교의 전략일지도 모른다.

미스 도키와미나미

학교 축제의 단골 이벤트는 미스, 미스터 도키와미나미 고등학교 콘테스트이다. 골든위크가 지나면 남학생이고 여학생이고 누가 멋있고 예쁜지 확인이 끝난 상태이므로, 올해 미스는 분명히 그 애라는 둥 온 학교에 소문이 퍼진다.

올해 미스는 2학년, 3학년을 누르고 1학년이 우승하는 게 아니냐는 예측으로 격론이 벌어졌다. 그렇다. 그 대상은 바로 사쿠라이 모에와 다카토 레이였다. 사쿠라이 모에가 '귀엽고 예쁜 외모'라 귀여운 쪽이 더 강하다면, 다카토 레이는 '예쁘고 귀여운 외모'로 예쁜 쪽이 더 강하다. 둘 다 거리에서 마주치면 누구나 반드시 돌아볼 만큼 미소녀이다.

같은 학년뿐만 아니라, 상급생도 쉬는 시간이 되면 사쿠라이 모에와 다카토 레이를 보러 교실로 몰려들 만큼 크게 인기가 있다.

그때마다 히나타의 기분은 상하기 일쑤였다. 자신의 여자 친구가 품평회의 상품이라도 된 듯이 힐끔힐끔 구경거리가 되는 것에 기분이 좋을 남자 친구는 세상에 존재하지 않는다. 품평하는 선배들과 동급생들의 태도에 진심으로 질렸다.

1학년 3반의 다카토 레이, 1학년 4반의 사쿠라이 모에는 1학년뿐만 아니라 2, 3학년 남학생에게도 꽤 인기가 많았다. 골든위크까지 기다릴 것도 없이 운동부의 눈에 띄는 신입생과 선배가 다카토 레이나 사쿠라이 모에에게 고백했다는 소문을 종종 들었다. 그러나 잘생긴 선배도, 축구부 주장도 누구 하나 성공했다는 말은 듣지 못했다. 남자 친구가 있으니 고백해도 어려울 것이라는 소문도 골든위크가 지나고 나서는 여기저기서 빠르게 나왔다.

의식하지 않아도 그런 소문이 히나타의 귀에 매일같이 들렸다. 그 사실을 모에에게 직접 확인할 용기가 히나타에게는 없었다. 모에 역시 걱정하지 않도록 히나타에게는 아무 말도 하지 않았다. 히나타는 앞으로 시작될 학교 축제, 체육대회에서 모에의 인기를 직접 보게 될 것이 걱정스럽기도 하고, 우울하기도 했다.

담임인 야마시타 선생님이 홈룸 시간에 그 화제를 꺼냈다. 교단 위에서 반을 쭉 둘러본다. 머리를 긁적이며 매년 열리는 행사라며 조금 나른한 말투로 말을 이어간다. 학생들은 야마시타 선생님이 말하는 중임에도 끊임없이 웅성거렸다. 그도 그렇다. 고등학생이 되어 처음으로 경험하는 행사다. 그것이 학교 축제쯤 되면, 누구나 마음이 당연히 술

렁거린다.

"이제 곧 학교 축제가 개최되므로, 우리 1학년 4반은 어떤 것을 준비할지 지금부터 회의하도록 하겠습니다. 오늘이 5월 7일이니 5월 27일까지 앞으로 20일 동안 준비해야 합니다. 오늘 부스 내용을 정하고, 내일부터 준비를 시작하지 않으면 제때 끝내지 못할 테니 최대한 빨리 정할 수 있도록 해요."

그렇게 말하며 소란스러운 교실 안을 둘러본다.

"선생님, 저요."

"그래, 사와무라 말해봐!"

선생님이 손을 든 학생을 가리켰다.

"귀신의 집으로 해요!"

자리에서 일어나 다른 학생들을 고무시키듯이 커다란 목소리로 외친 사와무라를 향해 반대 의견이 쇄도했다.

"싫어! 귀찮잖아."

"분장하기 힘들지 않아?"

다른 의견이 여기저기서 나왔다.

"난 크레이프 가게 하고 싶어!"

"그럼 축젯날처럼 초코바나나도 팔자!"

"그거 좋네."

교실 여기저기서 다양한 의견이 나왔다. 타이밍을 노린 듯 선생님이 끼어들었다.

"그래, 그래. 이래서는 끝이 안 나니까 의장을 정하겠습니다. 그 의장을 중심으로 회의를 진행하세요. 투표로 정해도 되고, 다 같이 의논해서 정해도 되고. 선생님은 절대 참견하지 않을 테니 여러분이 스스로 정하도록 해요."

그 말을 마치고 야마시타 선생님은 교단에서 내려왔다. 옆에 있는 의자에 앉아 이번에는 남의 일처럼 학생들의 모습을 흥미롭게 관찰하기 시작했다.

"의장은 어떻게 정할래?"

가장 먼저 크게 발언한 사람은 가와겐, 가와무라 겐지였다. 초중등 야구부에서 쭉 주장을 맡아온 가와겐은 리더십을 타고났다. 짧은 머리에 그을린 피부, 짙은 눈썹에 이목구비가 또렷한 얼굴. 야구로 단련된 몸은 적당히 탄탄하여 스타일을 포함해 여자들 사이에서도 잘 생겼다고 소문난 남자다.

가와겐, 히나타, 후양 중에서는 외모와 더불어 자연히 눈에 띄는 성격 덕분에 가장 인기 있는 사람이 바로 가와겐이었다.

"그럼 후양이 의장을 맡아!"

눈에 띄는 건 좋아하지만, 귀찮은 일은 딱히 나서서 하는 타입은 아니다. 이 패턴은 초등학생 때부터 달라지지 않았다. 후쿠야마 린타로는 불평도 하지 않고 태연한 얼굴로 교단 위에 섰다.

"의장을 맡게 된 후쿠야마입니다. 회의 진행을 돕기 위해 여학생 1명, 서기로 1명이 각각 입후보하였으면 좋겠습니다만, 누구 맡고 싶은 분?"

이런 경우, 여자도 리더 격인 아이가 모범생을 지명하는 흐름으로 만들어지기 마련이다. 치어리딩부의 마토바 고토미가 손을 들고 말했다.

"그럼 진행 보조로 도요노를 추천합니다. 그리고 서기는 역시 글씨를 잘 쓰시는 야마시타 선생님에게 맡기도록 하죠!"

회의 진행을 떠넘길 만큼 의욕 없는 담임을 서기로 지명하는 비범한 면모를 보이는 마토바 고토미. 모든 학생이 그 말에 동조했다.

"찬성해."

그 목소리에 떨떠름하게 분필을 들고 칠판 앞에 다시 서는 선생님. 마토바 고토미에게 지명받은 모범생 타입의 도요노 미유도 이런 일에 익숙한지 스르륵 일어나 후양의 옆에 섰다. 역시 두 여학생도 자신의 역할을 확실히 알고 있는 듯해 히나타는 왠지 감탄스러웠다.

축제 준비

"그럼 축제 때 우리 반은 무엇을 할지 정하겠습니다."

후양이 회의를 막힘없이 진행했다.

"먼저 의견이 있는 사람은 손을 들어 주십시오."

도요노 미유도 후양과 뉴스를 전하는 아나운서 콤비처럼 능숙하게 발언했다. 안경을 살짝 올리고, 묶은 머리를 한쪽 어깨로 정돈한다.

"저요! 귀신의 집이요."

"저요! 카페를 하고 싶습니다."

그 뒤로 다양한 의견이 나왔다. 의견이 나올 때마다 담임이 칠판에 깔끔한 필체로 일일이 적었다. 몇 가지 후보가

나오자,

"그럼 바로 무엇을 할지 다수결로 결정하겠습니다. 결정된 뒤에는 역할을 분담하고자 합니다."

이렇게 익숙한 태도로 회의는 순조롭게 진행되었다. 태연한 얼굴로 담담히 회의를 이끌어가는 후양. 히나타는 속으로 도요노와 멋진 콤비가 되었다고 생각했다. 그리고 두 사람이 어울린다는 생각에 혼자 킥킥 웃고 말았다.

그 소리에 모에가 돌아보았다.

"사토, 뭐 재미있는 거라도 있어?"

학교에서는 사귀고 있는 것을 비밀로 하고 있으므로, 평소와 달리 사토라는 성으로 부른다.

"앗, 미안해. 아무것도 아니야. 저 두 사람이 왠지 잘 어울리는 거 같아서."

"나도 그 생각했는데."

맞장구를 치며 히나타에게 여전히 파괴력이 강한 미소를 짓는다. 너무 예뻐서 몸부림을 치고 싶은 심정이다. 앞을 돌아본 모에의 뒷모습도 매력적으로 보인다. 두 사람은 형식상, 사귄 지 한 달쯤 지났지만, 가장 가까이 있을 수 있는 곳은 교실뿐이었다. 소심한 히나타답게 당연하게도 아직 손조차 잡지 못했다.

히나타가 모에의 웃음에 심장을 사로잡혀 멍하니 넋을 잃고 바라보는 동안 아무래도 무엇을 할지 정해진 모양이다.

"자, 올해 1학년 4반은 축제를 위해 커피잔&카페로 정해졌습니다. 다만 회전목마 풍의 커피잔입니다."

도요노 미유가 크게 발표했다. 학생들이 모두 신나게 박수를 쳤다. 히나타만 분위기를 따라가지 못했다. 무엇을 하든 보통 자신은 눈에 띄는 역할은 맡지 않았기에 남의 일이라 방심하여 제대로 듣지 않았다.

"그럼 남학생 중 당일 회전목마를 돌릴 체력 담당 멤버를 모집하겠습니다. 그 외에 커피잔의 디자인 제작 담당과 돌릴 축을 포함한 기자재 제작 멤버로 나누겠습니다. 나머지 멤버는 여기서만 만들 수 있는 특별한 메뉴 개발 담당과 유니폼 디자인 담당, 당일 조리 담당, 웨이터, 웨이트리스가 되어 손님에게 전달할 담당으로 나누도록 하겠습니다."

사쿠라이 모에는 당일에 반드시 홍보 담당이 될 테니 웨이트리스가 좋다는 둥, 미스 콘테스트에 나가야 하니 웨이트리스에서 빼는 편이 좋다는 둥, 여학생들 사이에서도 의견이 갈라졌다.

참고로 미스, 미스터 콘테스트는 추천 투표로 후보자를 정하는데, 그 추천 투표가 30표에 미치지 못하면 출전할 수 없지만, 사쿠라이 모에는 중간 집계로도 이미 140표를 얻으며 지금까지의 기록을 크게 경신하였다. 그 뒤를 이어 다카토 레이도 130표를 얻어 2위를 달렸다. 이것은 이것대로 3반, 4반의 대리전쟁처럼 이상한 방향으로 불타오르고 있었다. 4반 여자들은 사쿠라이 모에를 반드시 미스 도키와미나미로 만들고 싶어 했으나, 본인은 전혀 내켜 하지 않았다.

당사자는 미스 같은 칭호에 전혀 관심이 없는 듯, 출전을 사퇴하고 싶다고 히나타에게 쭉 말해왔다. 또한 사퇴 신청이 가능하므로, 반드시 당일에 사퇴 의사를 제출하겠다고도 말했다. 히나타도 이 이상 손이 닿지 못할 존재가 된 미소녀가 자신의 여자 친구임을 들켰을 때, 학교 내에서 야유받을 것을 상상하는 것만으로도 두려웠다.

그 결과 사쿠라이 모에는 일을 맡지 않게 되면서 메뉴 개발 담당이 되었다. 가와겐과 히나타는 운영 담당. 후양은 기자재 제작 담당으로 정해졌다. 참고로 회전목마 풍 커피

잔은 수작업으로 손수레를 네 곳에 고정하여 인간의 힘으로 열심히 밀어대야 한다. 즉, 인력으로 회전시키는 아날로그 놀이기구다. 그 말은 가와겐처럼 온종일 교대로 밀어야 하는 사람들은 육체가 자본이라는 것이다. 한 반의 남학생이 열다섯 명이므로, 4반의 거의 모든 남학생이 중복으로 담당을 맡게 되었다. 마른 체형이지만 고등학교 1학년 봄인 지금, 히나타의 키는 175센티미터까지 성장했다. 비교적 큰 편이므로 운영을 당연히 맡아야 한다고 말하면 당연하지만, 몸무게는 60킬로그램이 채 되지 않을 만큼 말랐기에 다른 남학생들도 괜찮을지 불안해했다.

그로부터 매일 방과 후, 조별로 나뉘어 활동했다. 가와겐과 히나타는 당일 체력 담당이므로 제법 여유로웠다. 모에와 사와무라 등 카페 메뉴 개발팀에게 곁눈질하기도 하고, 의상 제작팀이 만든 디자인 중 어느 것이 좋을지 의견을 내놓기도 하고, 그 결과 후양의 제작을 돕기도 하면서 축젯날을 맞이했다.

학교 축제 당일

5월 27일 일요일, 축제가 열리는 아침을 맞이했다. 청량하게 푸른 하늘이 도키와미나미 고등학교의 축제 개최를 축복하는 듯했다.

꽃으로 장식된 교문이 9시부터 개방되었다. 악대부의 연주로 막이 올랐다. 이 축제는 평소 학교에 들어올 수 없는 보호자와 지역 주민에게도 개방된다.

물론 인근 고등학생과 중학생도 찾아오므로 도키와미나미 고등학교가 일 년 중 가장 북적이는 날이기도 하다. 활기가 넘치는 학교 축제가 연주와 동시에 폭죽이 터지며 시작되었다.

올해로 마지막인 3학년생이 모두 안뜰에 집합하여 악대부가 고시엔에서 유행한 응원가를 연주하는 것에 환호하였다. 연주에 맞춰 합창하고 춤추며 축제 분위기를 크게 띄웠다.

일반 관람객과 보호자는 교문에 설치된 접수처에서 리

스트에 이름을 작성하고 입장했다. 훈훈한 분위기로 축제가 시작되었으나, 시작하자마자 사건이 터졌다. 교실에서 대기하던 히나타와 가와겐이 있는 곳으로 뉴스가 날아들었다.

"이소베 공업고등학교 남학생들이 우리 여학생들에게 추근거리고 있어. 우리 학교의 예쁜 애들에게 몰려다니면서 자꾸 말을 건다나 봐."

히나타는 쏜살같이 교실에서 뛰쳐나갔다. 추근댄다는 장소도 듣지 않고 그 학생이 온 방향으로 빠르게 달려갔다.

"히나타! 야! 어디 가는데?"

히나타를 부르는 가와겐의 목소리가 멀어졌다. 가와겐이 후양에게 말했다.

"미안하지만, 여긴 맡길게. 좀 걱정되니까 나도 다녀올게."

후양도 익숙하다는 듯 어쩔 수 없다는 표정을 지었다. 물론 히나타가 걱정되기는 마찬가지여서 손으로 OK 사인을 보냈다. 두 사람이 좀처럼 이해되지 않는 부분은 싸움을 싫어하는 히나타가 왜 문제가 생겼다는 말에 가장 먼저 뛰어나갔는가 하는 점이다.

　영문도 모른 채 가와겐은 전속력으로 달려 사라진 히나타의 뒤를 쫓았다. 히나타는 안뜰까지 곧장 달려 인파가 몰려든 곳으로 몸을 밀어 넣었다.

　꺅, 하는 구경꾼의 비명과 함께 히나타의 몸이 인파의 중심을 뚫고 굴렀다.

　고개를 들자 이미 체육 교사를 중심으로 한 선생님들이 이소베 공업고등학교 학생들과 마주하고 있었다.

　피해를 본 여학생 중에 모에는 보이지 않았다. 섣부른 행동이었다는 것을 깨닫자 몹시 부끄러워졌다.

　"너희는 풍기를 어지럽히니 학교 내 출입을 금지하겠다. 지금 당장 여기서 나가! 나가지 않으면 경찰과 너희 학교에 연락할 건데 어떡할래?"

　서슬 퍼런 체육 교사의 말에 불만족스러운 태도로 이소베 공업고등학교 남학생들이 교문 밖으로 줄줄이 나갔다. 잠시 뒤 체육 교사를 향해 박수가 일었다.

　"그런데 사토는 뭐 하는 거냐? 왜 네가 이런 곳에 넘어져 있어?"

담임인 야마시타 선생님이 흙투성이가 된 히나타에게 손을 내밀었다. 그의 도움을 받아 일어난 히나타는 바닥을 내려다보며 대답했다.

"아니요, 아무것도 아닙니다."

"그래, 그럼 다행이지만, 교복이 더러워졌으니 체육복으로라도 갈아입어라."

"앗, 네."

그때 가와겐이 뒤늦게 나타났다. 구경꾼이 된 학생들 사이를 뚫고 나온다.

"히나타, 너 왜 그러는 거야?"

히나타는 교복에 묻은 흙을 털며 대답하기 곤란하여 좌우를 둘러보았다.

"아니, 아무것도 아니야. 그냥 좀⋯⋯."

가와겐은 히나타의 얼버무리는 대답에 무언가 깨달은 듯 장난스러운 표정을 지었다.

"아, 혹시 우리 반의 사쿠라이가 얽혀 있을 거라고 생각한 거야?"

정곡을 찔리는 바람에 동요를 감출 수 없었다. 가와겐에게 약점을 잡혔다.

"그래, 그렇구나. 그게 이유라면 그만큼 안색을 바꾸고 갈 만하지. 싸움 같은 건 해본 적도 없는 네가 가서 무슨 도움이 될지는 의문이지만, 뭐, 그래. 너 혹시 사쿠라이 모에에게 반했어?"

실제로는 사귀고 있지만, 아무에게도 말하지 않았다. 따라서 가와겐의 지적에도 웃으며 얼버무릴 수밖에 없다. 사실 솔직하게 사귄다는 말을 가와겐과 후양에게 자백하더라도 한번 말해서는 절대 믿지 않을 것이다.

그런 허풍은 그만두라느니, 결국 망상이 그 수준까지 심해졌냐는 말이나 듣고 끝이다.

"사쿠라이 모에는 포기해! 그 애는 수준이 너무 달라. 분명히 하라주쿠나 시부야에서 길거리 캐스팅되어 연예계에 데뷔할걸. 히나타 정도면 차이고 끝날 거야. 우리 도키와미나미고 제일의 미남이라 소문난 나조차 감당할 수 없는 수준이니까. 상처만 받을 거라고."

가와겐이 친절한 마음으로 해준 말은 감사하지만, 모에에 대해서는 히나타가 더 잘 안다.

"딱히 사쿠라이를 찾으러 온 거 아니야! 확실히 사쿠라

이는 엄청 귀엽고 예쁘지만, 그보다 성격이 더 훌륭하다고
생각해."

히나타는 그대로 가와겐의 술수에 넘어가 모에를 어떻게
생각하는지 무덤을 파고 자백해 버렸다.

"역시 좋아하는 거 맞잖아!"

가와겐의 참견

가와겐이 등을 철썩 때렸다. 진실을 들켜 당황한 탓인가
등을 맞아도 아픔이 느껴지지 않았다. 부끄러움을 숨기기
위해 화제를 바꿨다.

"아니야. 아무튼 혼나기 전에 돌아가자. 다들 교실에서
기다리잖아."

배를 잡고 웃는 가와겐을 두고 교실을 향해 성큼성큼 걸
어갔다. 가와겐이 놀리는 말을 하고는 휘파람을 불면서 히
나타의 뒤를 따라갔다.

한 번, 휘파람 소리가 거슬린다는 얼굴로 돌아보았으나
전혀 효과가 없다. 히나타의 화난 표정을 보고도 신경 쓰는

기미가 하나도 보이지 않는다. 그야 그렇다. 초등학교 야구 팀 때부터 오래 알고 지냈기에 후양을 포함한 세 사람은 마음이 잘 통하는 절친한 친구이다. 그렇기에 서로 여러 가지를 알고 있다. 후양에게 이 사실을 빨리 말하고 싶어서 참을 수가 없는 모양이다.

약 한 달간 어떻게든 감춰온 비밀이 악우(惡友) 탓에 드러날 참이다. 걸어가는 동안에도 몇 번이나 장난을 쳐댔지만, 히나타는 완전히 무시하기로 작정했다.

"히-나-타. 히나타!"

장난이 점점 심해지지만, 절대 돌아보지 않았다. 이런 점은 옛날부터 가와겐의 나쁜 버릇이라고 생각한다. 그 순간 생각지도 못한 사람이 나타나 도움을 주었다. 히나타는 진심으로 다행이라며 감사했다.

"저기, 가와무라 맞지? 하쿠산 여고의 아마네 리코라고 해. 괜찮다면 잠시 시간 좀 내줄 수 있을까?"

하쿠산 여고의 회색 교복을 입은 조금 화려한 느낌의 여학생들이 가와겐을 우르르 둘러쌌다. 가와겐의 팬인 듯하다. 아마네란 아이의 친구인지 뭔지는 모르겠지만, 히나타로서는 약점을 잡힌 직후였기에 감사한 등장이었다. 가와겐이 여자들에게 둘러싸인 것을 계기로 기회를 틈타 몰래 빠져나와 빠르게 계단으로 올라갔다.

"앗, 기다려! 히나타. 기다리라니까."

여자들 사이에서 몹시 헤벌쭉한 얼굴로 외쳐봐야 설득력이 없다고 히나타는 생각했다. 진심으로 자신을 불러 세우는 것인지 의심스러웠던 히나타는 가와겐을 성공적으로 따돌렸다. 가와겐이 자꾸 떠보던 것에서 벗어나자 갑자기 마음이 가벼워졌다. 그러나 이것도 찰나일 뿐, 나중에는 피할 틈도 없이 집요하게 추궁당할 것이 뻔했다.

이참에 모에를 찾아보려고 스마트폰으로 연락했지만, 전혀 읽은 표시가 나타나지 않았다. 이상한 녀석들이 학교 안을 어슬렁거리고 있으니 조심하라고 전해야겠다는 사명감만이 히나타를 움직였다. 복도를 빠르게 걸어 2학년, 3학년 교실을 둘러보았지만, 모에와 좀처럼 마주치지 못했다. 그러기는커녕 메시지조차 읽지 않고 있다. 친구인 지카가 학교 축제의 실행위원이므로 무언가 잡일에 동원되었을지도 모른다.

다만 그만큼 예쁜 모에라면 눈에 띌 테니 다른 학교 남학생이 접근할 것도 쉽게 상상되었다. 여러 가지 일을 상정해

두었어야 한다며 반성했다. 그러나 너무 주의가 부족했다. 방심한 자신이 바보였다. 모에의 곁을 떠나서는 안 됐다. 히나타는 자신을 책망했다.

그런 히나타도 중학생 시절, 결코 인기가 없었던 것은 아니다. 얼굴은 담백하고 깔끔한 편이라는 말을 종종 들었다. 직접 얼굴을 마주 보고 고백을 받은 적은 없지만, 러브레터는 몇 번이나 받은 적이 있다. 스타일이 좋다든가, 눈빛이 총명해 보인다고 칭찬받기도 했다. 밸런타인데이에도 매년 소꿉친구인 다카토 레이를 포함하여 두 개 정도는 받았다.

다만 중학교 때는 아무도 여자 친구라는 카테고리에는 들어오지 않았다. 히나타 본인도 이성과 대화하는 것이 그리 능숙하지도 않았고, 좋아하는 것도 아니라 접점이 많지 않았다. 이대로 좋아하는 사람이 생기는 일도 없이 인생을 끝마치는 것이 아닐지 스스로 걱정하기도 했다.

히나타가 고백받지 못한 것은 사실 이유가 있었다.

히나타만 몰랐으나, 학교에서는 모두 히나타가 다카토 레이와 사귄다고 생각했기 때문이다. 어릴 때부터 사이가 좋아 여성으로 의식한 적은 전혀 없지만, 그 사이 좋음이 문제가 되었다.

집이 바로 근처라 돌아가는 방향도 같으므로, 가끔 레이가 귀가하는 시간과 겹치면 집까지 대화를 나누며 나란히 걷기도 했다. 그 모습을 본 학생이 착각하여 소문을 퍼뜨렸다.

히나타는 지금까지도 다카토 레이 역시 히나타에게 전혀 관심이 없다고 생각한다. 다른 여자 앞에서는 진가를 발휘하지 못하는 히나타도 레이의 앞에서만은 달랐다. 다른 여학생에게는 성을 부르며 정중하게 대했지만, 레이는 그냥 편하게 불렀다.

어떤 사건도 그 소문에 박차를 가했다. 그런 부분도 중학생이라는 커뮤니티에서는 사귀고 있다는 오해를 일으켰을지도 모른다.

게다가 히나타는 중학생 때 육상부의 장거리 선수였기에 매일 집에서 학교까지 30분을 달려갔다. 물론 귀갓길에도 달려서 갔기 때문에 '마라톤 바보'라는 별명이 생겼다. 조금 독특한 성격에 여자 친구가 있다는 소문까지 난 '마라톤 바보'를 여자 친구로부터 빼앗겠다며 적극적으로 나서는 사람도 존재하지 않았다.

미술실

모에를 찾아 제3교사를 달려 지나치려고 하는데 누군가 말을 걸었다. 돌아보니 지금까지 찾아 헤매던 모에가 미술 도구와 책을 몇 권 들고 서 있었다.

"히나타!"

히나타는 바로 모에의 손에서 책을 빼앗듯이 들었다.

"이 책은 다 뭐야?"

"들어줘서 고마워. 소메야 화학 선생님이 얼마 전에 필요해서 빌린 건데 미술실에 도로 가져가라고 해서. 어라? 히나타, 등과 바지가 더러워졌어. 무슨 일 있었어?"

"아, 이거, 아무것도 아니야."

웃으면서 얼버무리며 손으로 흙을 털어냈다.

"이렇게 책을 많이 들고 가게 하다니, 소메야 선생님도 너무 심한 거 아냐?"

얼굴만 모에에게 향하고 입술을 조금 삐죽거렸다. 소메야에 대한 불만이다. 소메야 화학 선생님은 베테랑 교사로

학생들에게 히스테릭 봄이라는 별명으로 불린다. 일부러 모에에게 힘든 일을 시킨 것은 아닌지 의심스럽다. 미술부 고문도 아니므로 미술도구와 책을 양손에 들려주며 책임을 떠넘겼다고 생각하는 것도 어쩌면 당연한 일이다.

"메시지 보냈는데 읽지를 않아서."

히나타가 혼잣말처럼 모에의 옆에서 나직하게 중얼거렸다. 모에가 허둥지둥 스마트폰을 확인했다.

"미안해. 소메야 선생님한테 붙잡혀서 계속 화학실에서 비품 정리를 해야 했거든. 마지막으로 교무실에 있는 미술도구와 책을 가져가라는 부탁까지 받았고."

히나타는 점점 소메야에게 화가 났다. 이 시간 동안 얼마나 걱정했던가. 실제로는 기우였기에 다행이지만, 다른 학교 남학생이 모에에게 말을 걸 가능성은 한없이 백 퍼센트에 가깝다. 그와 동시에 냉정하게 생각하면, 그 시간에 이상한 사람이 붙지 않도록 어떤 의미로는 모에를 지켜준 소메야에게 감사해야 하나? 하는 생각도 들었다.

"짜잔! 미술실 열쇠를 빌려왔어. 평소에는 부장과 고문 선생님만 열쇠를 관리하니까 일반부원인 나는 건드릴 수 없거든. 게다가 부실에는 항상 누군가 있지만, 오늘은 아무도 없으니까."

열쇠를 눈앞에서 짤랑짤랑 흔드는 모에.

"응? 무슨 뜻이야?"

"히나타. 나 말이야, 미술실에서 꼭 해보고 싶은 게 있어."

'오늘은 아무도 없으니까'라는 말에 이어 생각지도 못한 심장을 두근거리게 하는 모에의 고백에 히나타는 침을 꿀꺽 삼켰다.

어, 어, 어떡하지. 축젯날에 잠겨 있는 미술실에서 첫 키스? 하, 하, 할 수 있을까? 그런 일이…… 히나타는 눈이 핑핑 돌고, 심장 소리가 자신의 귀에 들릴 만큼 쿵쾅쿵쾅 뛰고, 제멋대로 든 망상으로 갑자기 안절부절못하기 시작했다. 책을 나르면서도 진정되지 않는다. 모에와의 대화도 방금 발언으로 갑자기 지리멸렬한 대답밖에 하지 못하게 되었다. 히나타답다고 하면 히나타다운 모습이다.

동시에 히나타의 머릿속에 어떤 의문이 떠올랐다. 음흉한 망상이었다.

모에는 키스를 해 본 적이 있을까? 있다고 생각하기만 해도 가슴이 너무 아프다. '없다'라고 억지로, 낙관적으로 생각해 보았으나, 그것은 그저 자신의 바람이 아닌가? 아까보다 더 호흡이 힘들 만큼 가슴이 답답해졌다. 완전히 제멋대로 부정적인 망상을 하는 중이다.

"왜 그래? 히나타, 괜찮아?"

모에가 걱정스럽게 물었지만, 히나타는 계속해서 집중하지 못했다. 그러는 동안 미술실 앞에 도착했다. 모에가 치마 주머니에서 다시 열쇠를 꺼내 곧장 구멍에 꽂아 넣었다. 열쇠를 180도 돌린 뒤, 오른쪽으로 문을 슬라이드 시켰다. 드르륵 소리를 내며 문이 열렸다.

"미안해, 히나타, 무거웠지? 거기 놔두면 돼!"

히나타는 시키는 대로 커다란 책상 위에 책을 탕 내려놓았다. 여기까지 책을 옮기는 수고와는 별개로 모에의 발언에 손과 등이 온통 땀으로 젖어 있었다. 다른 의미의 피로감이 히나타를 엄습했다. 이마로 흐르는 땀을 오른쪽 손등으로 닦고, 화제를 바꾸기 위해 모에에게 물었다.

"이 책은 어디에 넣으면 돼?"

애써 말을 꺼낸 히나타와 달리 모에가 순수한 천사처럼 웃었다.

"히나타는 힘들게 들고 왔으니 거기서 쉬고 있어."

모에가 리스트를 보며 참고서로 마련된 책을 정리하고, 책장에 넣기 시작했다.

히나타는 그 웃는 얼굴을 보고 깨달았다. 모에는 눈 전체에 비해 검은자위가 차지하는 면적이 아기처럼 크다. 따라서 이렇게도 사랑스럽게 웃는 얼굴이 만들어진다고 확신했다.

히나타는 스스로 제어하지 못할 만큼 식은땀이 흐른 것을 느꼈다. 모에와 있으면 이렇게 땀을 흘리는 일이 많다. 등이 땀 때문에 싸늘하다. 스스로 느낄 만큼 땀을 줄줄 흘렸다. 설마 그런 일은 갑자기 일어나지 않을 것이라 생각한다. 그러나 그런 일이 없는 것도 아니다.

키스라는 망상 때문에 자꾸 마음이 진정되지 않는다. 눈으로 모에가 작업하는 것을 바라보며 어떻게든 정신을 통일시키려고 했으나, 역효과만 났다. 이성 경험이 없었던 히나타에게 만약 여기서 키스를 하게 된다면 인생에서 엄청난 경험을 하는 순간이 될 것이다. 모에는 작업을 마치고 부드러운 표정으로 히나타의 앞에서 살짝 점프했다.

장난

"오래 기다렸지!"

차원이 다른 귀여움에 지금까지 키스 때문에 걱정하던 것과는 다른 이유로 호흡이 끊어지는 것이 아닐까 하는 생각마저 들었다. 한여름의 소프트아이스크림처럼 녹아내릴 듯한 위력을 지닌 웃음이다.

"있잖아……."

다시 침을 꿀꺽 삼켰다. 어떡하지. 그것이 히나타의 솔직한 심정이었다.

"나, 내 이름을 학교 어딘가에 몰래 남기고 싶어."

"…………."

그 말을 마치고 장난스러운 미소를 짓는다. 완전히 허를 찔린 꼴이 되었으나, 솔직히 아무런 마음의 준비가 되어 있지 않았기에 정말 다행이었다.

이제야 안심이 되었다. 히나타는 모에의 웃음에 마음이 행복하고 따뜻한 기분으로 가득해졌다.

"그걸 어떻게 할 건데?"

침착함을 되찾은 히나타는 모에에게 구체적으로 무엇을 하고 싶은지 물었다.

"있잖아, 여기에 그림을 그릴 때 참고하기 위한 작은 책장이 있는데, 그중에 전혀 쓰이지 않는 책에 이름을 써두려고 해."

"흐음, 그렇구나."

히나타는 모에가 왜 그런 아이 같은 짓을 하고 싶은지 몰랐으나, 모에의 바람을 들어주고 싶었다.

"그런데 내 이름만 있으면 불안하니까, 저기, 히나타. 히나타도 같이 이름을 써주지 않을래? 내 공범이 돼줄래?"

"앗, 어어, 응."

그렇게 말하는 모에의 얼굴은 미술실 창문으로 들어오는 햇빛에 반사되어 눈을 뜨고 있을 수 없을 만큼 반짝반짝 눈부셨다.

"어느 책에 쓸지는 정해뒀어?"

히나타가 다시 물었다. 모에가 의기양양한 얼굴로 대답했다.

"응. 내가 진짜 좋아하는 꽃이 있거든. 요전에 해바라기 사진집을 발견했는데 거기다 하려고 해. 게다가 전혀 쓰이지 않으니 이름을 적는 데 딱 좋아! 마지막 페이지에 이름을 쓸 생각이야."

"알겠어. 그럼 나도 같이할게."

"정말 괜찮겠어?"

"응. 모에와 공범이라면."

모에가 기뻐하는 얼굴로 일어나 미술실의 작은 책장이 늘어선 안쪽으로 그 책을 꺼내러 갔다. 히나타는 크게 숨을 내뱉고, 지레짐작하여 착각한 자신이 조금 부끄러워졌다. 냉정하게 생각하면 아직 손도 잡지 않았는데 키스부터 상상한 자신의 어리석음에 귀까지 빨개졌다.

잠시 뒤, "이거야, 이거" 하는 목소리와 함께 오른손에 해바라기 사진집을 든 모에가 신나는 얼굴로 돌아왔다. 왼손에는 어디서 찾았는지 매직을 들고 있다. 그대로 히나타의 앞으로 다가온다.

"자. 히나타, 먼저 써."

그러면서 마지막 페이지를 펼쳤다. 마지막 페이지에도 해바라기밭의 사진이 실려 있다. 왼쪽 위에는 새파랗고 맑은 하늘이 찍혀 있어 해바라기와의 대비가 멋진 사진이다. 예술 작품을 망치는 것 같아 이름을 적기가 망설여졌다.

"히나타, 성과 이름을 다 써야 해!"

"뭐?"

의외로 철두철미한 모에의 계획에 놀란 소리가 새어 나
왔다.

"이름을 다 적으라고?"

모에를 마주 보았다. 왠지 당황한 히나타를 보며 즐거워
하는 모습이다.

"응. 이름을 다 쓰지 않으면 의미가 없거든."

어쩔 수 없이 왼쪽 위에 '사토 히나타'라고 적었다. 그 페
이지를 펼친 채 모에에게 건넸다.

"고마워!"

모에가 기쁜 표정으로 받아 매직으로 무언가를 추가했
다. 쓰기를 마치고 사진집을 뒤로 감추었다가 이벤트처럼
히나타의 앞에 선보였다.

"짜잔."

조금 수줍은 듯한 얼굴이 사진집 너머로 보였다. 카메라
의 핀트를 맞추는 것처럼 먼저 해바라기 사진집을 확인했
다. 사토 히나타라고 쓴 글자 옆에 모에라는 이름과 우산

그림, 그리고 그 위로 하트 마크가 그려져 있다. 이번에는 뒤로 셔터 조준을 맞췄다. 시선을 모에에게로 옮기자 모에가 입을 열었다.

"자, 사토 히나타와 모에는 언제나 함께야."

"너는 이름만 썼잖아!"

"내 성은 히나타의 성이야*. 그러니 안 쓴 거야."

히나타는 그 말이 너무 기뻐서 창문을 열고 크게 외치고 싶은 충동에 휩싸였다. 사쿠라이 모에가 내 여자 친구라고…….

"히나타, 하나만 물어도 돼? 이대로 우리 관계는 비밀로 할 거야?"

"어, 아니……."

갑자기 생각지도 못한 질문이 날아왔다. 조금 아쉬운 표정으로 모에가 물었기에 허둥지둥 대답했다.

"모에는 나 같은 게 남자 친구라서 창피하지 않아?"

모에는 히나타의 그 말에 조금 서운하면서 화난 표정을 지었다. 그러고는 히나타를 향해 몸을 내밀었다.

"왜 그런 식으로 말해? 나에겐 히나타밖에 없어. 그래서

---

* 일본에서 여성은 결혼하면 남편의 성을 따른다.

사귄다고 말할 수 없는 게 너무 괴로워. 그렇게 나와 사귀는 걸 말하는 게 싫어?"

"…………."

히나타에게는 모에가 당장이라도 울음을 터뜨릴 것처럼 보였다.

"아니야! 그럴 리가 없잖아! 내가 말하지 못한 건…… 나에게 자신감이 없기 때문이야. 모에 정도의 사람이 나의 여자 친구라는 사실을 아직도 믿을 수가 없어. 나는 지금까지 여자와 사귄 적도 없어서 어떻게 하면 좋을지도 모르겠고. 모두가 알게 된다면……."

히나타는 기쁘기도 하면서 괴로운 심정을 모에에게 토로했다.

"히나타, 해바라기의 꽃말이 뭔지 알아? '변하지 않는 마음'이야. 그래서 이 책으로 골랐어."

"……'변하지 않는 마음'이 꽃말이라니, 근사하네."

모에는 아까의 슬픈 표정과 달리 히나타를 바라보며 기쁜 얼굴로 말했다. 히나타는 고개를 끄덕였다.

"미안해. 나, 모에의 남자 친구로서 노력할게."

히나타는 모에에게 사과하며 애정을 담아 결심을 전달

했다.

"노력하지 않아도 돼. 난 지금의 히나타가 좋아. 그럼 제일 친한 친구인 지카에겐 말하고 싶어. 괜찮겠지?"

"응, 괜찮고말고."

노력하지 않아도 된다는 모에의 말에 마음이 가벼워졌다. 무척이나 기뻐 보인다.

소꿉친구

"사실 나도 가와겐과 후양에게는 말하고 싶었으니까 이제야 후련해진 기분이지만, 걔네한테 뭇매를 맞을 거야."

머리를 긁적이며 히나타도 수줍게 웃었다.

"어째서?"

"그야 사쿠라이 모에가 엄청나게 예쁘니까."

"히나타가 그렇게 말해줘서 기뻐."

행복한 시간이 흘러갔으나, 불현듯 미술실 문이 열렸다.

모에가 아차 하는 표정을 지었다.

모에는 아까 문을 닫으면서 잠그는 것을 잊은 모양이다.

미술부 고문인 곤도 선생님이 참고자료를 들고 서 있었다.

"어라? 너희 축제는?"

낙서한 해바라기 사진집을 황급히 덮었다.

"소메야 선생님께서 빌린 책을 미술실로 도로 가져다 놓으라고 하셔서요."

모에가 소메야의 이름을 꺼내며 상황을 수습했다. 곤도 선생님은 의심하는 기색을 보이지 않았다.

"열쇠도 같이 받았어?"

그렇게 연이어 물었다.

"네. 여기요."

책상 구석에 놓아둔 열쇠를 곤도 선생님에게 건넸다. 해바라기 사진집을 원래 있던 곳에 넣고, 둘은 나란히 미술실에서 나왔다.

"미안해, 히나타, 문 잠그는 걸 잊었어."

작은 목소리로 사과하는 모에가 평소보다 더 사랑스럽게 느껴졌다.

미술실에서 나온 지 얼마 되지 않아 모에는 다른 친구와 마주쳤다.

"어디 갔었어? 어라? 사토도 같이 있네?"

"응. 소메야 선생님이 부탁한 책을 사토와 같이 옮겼거든."

"아, 그랬구나. 가자! 모에."

"그래."

그대로 모에는 1학년 4반 교실로 친구와 팔짱을 낀 채 가버렸다. 히나타 쪽을 잠깐 신경 쓰기는 했으나, 자꾸 돌아보면 미술실에서 있었던 일을 추궁당할 것이므로 자제했다. 히나타도 모에를 따라 교실로 돌아가던 중 레이와 만났다.

"안녕!"

"…………."

이유는 모르겠지만, 무시당했다. 오늘 레이는 특별히 더 기분이 나쁜 듯 보인다.

"레이, 미스콘 나가?"

"글쎄?"

"그 태도는 뭐야. 기분 나쁘게!"

"그런가…… 히나타는 무슨 담당이야?"

"회전목마를 미는 담당."

"뭐야, 그게?"

"자꾸 왜 그래? 내가 뭐 잘못했어?"

"아니, 딱히……."

"쳇. 난 간다."

레이와 반대 방향에 있는 교실을 향해 걸어갔다.

"히나타!"

레이가 불러 세웠다. 아까부터 왜 저러는지 모르겠다. 용건이 있으면 똑바로 말하라는 심정으로 돌아보았다.

"뭔데?"

"요즘 뭐 좋은 일 있어?"

"그 질문은 뭐야?"

평소 온화한 히나타라도 의미 없이 괜히 시비를 걸면 신경질이 나기 마련이다. 모처럼 모에와 시간을 보내며 들떴던 기분이 레이 탓에 물거품이 되었다. 그 반동인지 레이에게 차갑게 대했다.

"좋은 일이 있든 없든 딱히 레이와는 상관없잖아?"

그렇게 쏘아붙이고 레이의 존재를 무시하며 그 자리를 떠났다.

"기다려, 히나타!"

뒤에서 레이가 무언가 말했지만, 더는 신경 쓰지 않았다.

레이는 낡은 키홀더를 꼭 쥐고 쓸쓸한 눈으로 히나타의 뒷모습을 지켜보았다.

모에가 간 지 10분쯤 뒤에 교실에 도착했다. 이미 가와겐이 땀을 흘리며 육체노동을 하고 있었다. 농땡이를 친 히나타를 향해 외친다.

"어디 갔었어? 자! 네 차례야."

히나타는 커피잔으로 꾸민 수제 회전목마의 인력 담당으로 교대하여 들어갔다. 커피잔 옆에는 카페가 마련되어 있다.

모에는 본래 입지 않을 것이라 여겨지던 웨이트리스 차림으로 카페오레를 나르거나, 케이크를 나르고 있다. 무엇을 입어도 어울린다며 히나타는 새삼 반했다. 모에를 보려는 남학생들로 줄이 벌써 옆 반까지 늘어서 있었다. 바로 입장 제한이 걸렸다.

모에는 미스콘에 나가지 않겠다고 실행위원에게 이미 전달한 모양이다. 나중에 히나타가 들은 바로는 레이도 결국 출전하지 않았다고 한다.

올해 도키와미나미 고등학교 미스콘은 우승 후보인 1학년 두 사람이 나오지 않아 김이 빠진 채 진행되었던 듯하다.

히나타는 모에가 나가지 않은 이유를 잘 몰랐지만, 다소 안심했다. 이 이상 라이벌이 나타나는 것은 사양하고 싶다.

미스 도키와미나미고라는 칭호가 모에에게 붙으면 사귀는 것이 대대적으로 밝혀졌을 때, '쟤가 미스 도키와미나미의 남자 친구? 거짓말이지?' 하고 학교뿐만 아니라 SNS와 인터넷에서도 욕을 먹지 않을까 하는 우려마저 들 정도다. 그만큼 사쿠라이 모에는 아이돌 같은 오라가 감도는 미소녀라는 뜻이다.

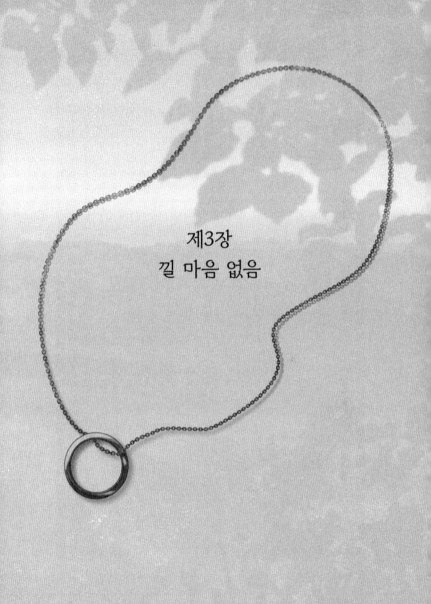

제3장
낄 마음 없음

동요

학교 축제가 끝난 주의 일이었다. 히나타는 절대 보고 싶지 않은 싫은 상황과 마주치고 말았다. 그것은 축구부 선배가 연결복도에서 모에를 붙잡고 고백하려는 최악의 상황이었다. 지금 당장 뛰쳐나가 내가 남자 친구니 하지 말라며 고백을 막고 싶었지만, 남의 고백을 방해하는 것도 저어되었고, 모에가 분명히 거절할 것이라 믿고 있기에 상황이 끝날 때까지 나가는 것이 망설여졌다.

"난 축구부 3학년 마쓰다야. 혹시 나 알아?"

모에가 당황한 얼굴로 고개를 가로저었다.

"나와 사귀지 않을래?"

모에는 일단 심호흡을 했다.

"죄송합니다. 저는 지금 사귀는 사람이 있어서요, 미안해요."

그렇게 전하고 그 자리를 빠르게 떠났다. 히나타를 발견

105

하고는 조금 화가 난 표정으로 다가왔다. 히나타는 겸연쩍은 표정을 지었다. 모에가 다가와 책망했다.

"뭐야! 히나타, 왜 나오지 않은 거야?"

"아니, 왠지…… 남의 고백을 방해하는 것도 미안해서."

"흐음. 만약 내가 받아들였으면 어쩌려고?"

"모에를 믿으니까."

"치사해. 벌로 이번 주 토요일, 나랑 맛있는 점심 먹어 줘!"

"어? 토요일에 만날 수 있어?"

"응. 이번 주는 학원도 안 가고, 엄마에겐 미술부 사생 실습을 나간다고 할 테니까."

"뭐? 정말?"

"정말이라니까!"

"신난다!"

크게 외치며 점프까지 할 만큼 기뻐하는 히나타. 온몸으로 기쁨을 표현했다. 멀리서 원망스럽게 쳐다보는 축구부 선배는 완전히 잊고 있었다. 이래서는 저 사람이 차인 것을 자신이 기뻐하는 꼴이 되어 완전히 밉살맞은 인간이 되겠다는 생각에 히나타는 허둥지둥 모에를 데리고 그 자리를 떠났다.

"어디 가고 싶어?"

"히나타와 데이트할 수 있다면 어디라도 좋아. 가까운 공원이든, 먼바다든. 뭐든지 좋아. 같이 있을 수 있으면."

데이트라는 말이 머릿속에서 빙글빙글 맴돌았다.

"으음…… 어디가 좋으려나……?"

"후후후……."

"저기, 모에는 먹고 싶은 거 있어?"

"난 팬케이크를 먹어보고 싶어!"

명랑하게 대답한다.

"그러고 보니 텔레비전에서 유행한다고 하더라."

"지난주에 했던 방송 말이지? 나도 그거 봤어! 맞아, 그 포크가 쏘옥 들어가는 폭신폭신한 감촉을 맛보고 싶어!"

"좋아! 팬케이크로 결정! 또 가고 싶은 곳은 없어?"

"으음, 어디가 좋을까…… 수족관에 가고 싶어!"

"저기, 그럼 마린파크 수족관은 어때? 열차 시간은 내가 알아볼게."

"고마워, 히나타."

"나에겐 기쁜 벌칙인데……."

"내가 히나타와 데이트하고 싶으니까."

다시 나온 데이트라는 말만으로도 기절할 것만 같다. 히나타의 마음이 팬케이크보다 포근해졌다.

천사

당일 역에서 만난 모에는 마치 천사 같았다. 밀짚모자를 쓰고 하얀 티셔츠와 데님 팬츠에 샌들. 그 모습이 눈부시고 너무 아름다워서 히나타는 좀처럼 똑바로 바라볼 수가 없었다.

"모에, 굉장히…… 예쁘……네."

"어? 히나타, 목소리가 작아서 안 들려."

기쁜 듯이 되묻는 모에.

"저기…… 예뻐."

"고마워. 남자 친구에게 칭찬받으니 기쁘네!"

표를 사서 완행열차를 타고 목적지까지 천천히 가기로 했다. 처음으로 모에와 휴일에 만난다는 기쁨 때문에 전날부터 들뜬 히나타의 마음은 쉽게 가라앉지 않았다. 눈앞에 있는 연예인처럼 귀엽고 예쁜 소녀가 자신의 여자 친구라니 정말 믿을 수 없다. 열차에 올라 나란히 앉았다.

"저기, 히나타. 나 오늘 히나타와 데이트할 수 있어서 정말 기뻐."

"내가 백 배 더 기뻐."

"난 천 배 더 기뻐!"

"내가 만 배 더 기뻐!"

"있잖아, 이거 너무 꼴사나운 커플이 나누는 대화 아니야?"

"그러네!"

서로 마주 보며 크게 웃었다. 행복한 시간이다.

"뭐 가져왔어?"

"어디 보자. 먼저 물통. 그리고 과자. 손수건도 있고. 지갑에 선크림, 물티슈, 반창고, 그리고 화장품 파우치!"

"어? 모에 너 화장해?"

"안색을 좋게 보여주는 파운데이션하고 조금 색이 들어간 립 정도니까 화장한다고 말할 정도는 아니야."

"그렇구나. 전혀 몰랐어."

"남자니까 그렇지. 하지만 나도 잘하는 건 아니야."

입가에 미소가 번진다.

"아, 참. 전부터 묻고 싶은 게 있었는데…… 히나타는 여자 친구에게 가장 바라는 게 뭐야?"

"으음…… 별로 없는데."

"그냥 굳이 따지자면 이거라는 정도도 괜찮으니 생각해봐."

"글쎄…… 굳이 따지자면…… 거짓말하지 않는 사람이려나……."

"그래…… 그렇구나……."

"모에는?"

"존경할 수 있는 사람이랄까."

"어? 큰일이네."

당황한 히나타에게 손짓으로 괜찮다는 사인을 보내는 모에.

목적지인 역에 도착하여 일단 텔레비전에서 소개한 팬케이크 가게로 향했다. 토요일 오전인데도 외출한 사람이 많다는 것을 보고 놀랐다. 두 사람은 도시의 인파에 압도되면서도 파도를 헤치듯이 나아갔다. 마치 불규칙한 개미 행렬이 몇 줄이나 겹쳐 오가는 것을 반복하는 듯하다.

팬케이크 가게 간판이 보이기 전에 그 가게에 도착한 것을 알았다. 12시 전임에도 이미 긴 줄이 만들어져 있었다.

"우와, 모에, 어떡할래?"

"줄이 기네…… 히나타야말로 어떡할래?"

"어? 당연히 기다려야지?"

"맞아. 폭신폭신한 팬케이크 먹어보고 싶은데 괜찮겠어? 오래 기다려도?"

"괜찮고말고!"

모에를 향해 활짝 웃었다. 한 시간쯤 기다리자 우드톤으로 실내장식이 된 가게 안으로 안내받았다. 일하는 점원도 매우 세련되어 보인다. 잠시 기다리자 팬케이크가 나왔다. 팬케이크와 생크림, 딸기가 담긴 접시가 눈앞에 나온 순간, 모에의 표정이 평소보다 더 반짝반짝 빛났다.

팬케이크를 다 먹고 히나타가 계산하려고 하자 모에가 제지했다.

"히나타, 더치페이로 하자! 혼자 다 내려고 하지 마!"

"하지만."

"있잖아, 히나타가 무리해서 돈을 다 내고, 그 탓에 우리가 한 번밖에 못 만나면 싫거든. 내가 반을 내면 히나타와 두 번 만날 수 있잖아?"

"그렇긴 하지만……."

"무리해서 한 번밖에 못 만날 바에는 같이 재미있게 노는 시간이 많은 게 좋으니까 나눠서 내자! 난 한 번이라도 히나타와 더 자주 만나고 싶어."

"응. 알겠어. 나도 같은 마음이니 그렇게 할게."

팬케이크값을 건네는 모에. 또 다른 목적지인 마린파크 수족관에 도착하여 티켓을 찾을 때도 히나타에게 티켓값을 정확하게 주었다.

"이거 티켓값."

돈을 받을 때마다 히나타는 모에에게 감사 인사를 했다. 그에 맞춰 모에도 인사했다. 옆에서 보면 흐뭇한 광경이다.

동선을 따라 수족관 안을 이리저리 둘러보며 즐겁게 나아가는 두 사람. 신비롭게 빛나는 해파리 수조 앞에서 멋지다는 말을 연발하며 마치 아이처럼 좋아하는 모에. 히나타도 커다란 수조의 상어를 발견하고 상어의 큰 입을 따라 하며 두 손으로 모에를 습격하는 척 장난을 쳤다. 모에도 신난 히나타를 따라 즐겁게 웃었다.

"저기 돌고래 쇼가 시작될 모양이야. 어서 서둘러."

손짓으로 히나타를 재촉하는 모에. 파란색 의자에 앉자 곧바로 돌고래 쇼가 시작되었다.

먼저 여성 사육사의 지시대로 점프를 반복한다. 중간에 몸을 비틀어 돌기도 하고, 앞으로 뛰어들기도 하면서 두 마리의 매끈매끈한 돌고래가 공연을 선보였다. 잠시 뒤 모에가 말했다.

"이 좁은 세계에서 같은 일을 반복하는 돌고래들은 따분하지 않을까?"

"음, 그런가? 적어도 적에게 공격받을 일은 없고, 먹을 걸 걱정하지 않아도 되니까."

"넓은 세계를 모른 채 여기서 평생을 마치는 거지?"

"그건 그래……."

"하지만…… 저기 두 돌고래는 부부일까?"

"글쎄?"

"왠지 서로 장난치는 거 같지 않아?"

"확실히 그렇게 보이기는 하고, 그냥 두 마리가 즐겁게 헤엄치는 것처럼 보이기도 해."

"부부였다면 멋지지 않을까? 부부가 아니면 좁은 장소에 갇힌 채 재주를 배워 평생 점프만 해야 하는 건 잔인할 거 같아. 반대로 서로 사랑하는 부부라면 무엇을 해도 같이하니까 즐겁지 않을까 해서."

"어?"

"그야 좋아하는 사람과 같이 있으면 어떤 세계라도, 무엇을 하더라도 즐거우니 평생 점프만 하더라도 괴로운 일은 아닐 거라는 생각이 들어서."

"나는 모에를 평생 즐겁게 해줄 테니 괜찮아! 그리고 분명히 아이도 많아서 왁자지껄한 가족일 거야."

"뭐? 히나타, 혹시 지금 나에게 프러포즈했어?"

"앗…… 아니, 저기……."

"에이, 부정하는 거야? 너무 속상하다."

"모에, 놀리지 말아줘."

"히나타는 정말 솔직하구나. 그럼 내 마음대로 프러포즈라고 생각하고 대답할게!"

"뭐라고?"

"네. 평생토록 잘 부탁드리겠습니다."

그렇게 말하고 두 사람은 살며시 손을 잡았다.

돌아가는 열차까지 행복한 시간의 연속이었다. 역에서 헤어진 뒤에도 밤까지 즐겁게 메시지를 주고받았다. 두 사람의 추억이 하나 더 늘어난 행복한 첫 데이트였다.

작전

전에 자전거 보관소에서 단둘이 있을 때, 이런 대화를 나
눈 적이 있다.

"그러고 보니 모에는 장래에 뭐가 되고 싶어?"

"응? 히나타는 생각해 둔 거 있어?"

"난 솔직히 아직 모르겠어."

아직 이 시점에 무언가 되고 싶다는 구체적인 목표나 꿈
이 히나타에게는 없었다.

"다만 다른 사람에게 도움이 되는 일을 하고 싶어. 그게
의사인지, 형사인지, 소방관인지는 아직 모르겠지만."

조금 고민한 다음 대답했다.

"그렇구나…… 그럼 혹시 내가 아프면 고쳐줘. 아니면 만
약에 내가 유괴당하면 꼭 구해줘야 해. 또 혹시 집에 불이
나면 불 속에서 구해줘."

모에가 기쁜 얼굴로 웃으며 연달아 부탁했다. 그리고 한

번 숨을 내뱉은 뒤 말을 이었다.

"나는 말이야…… 평범하지만, 신부가 되고 싶어. 웨딩드레스를 입어보고 싶거든."

뜻밖의 대답이었다. 우수한 성적에 연예인 같은 외모. 명랑하고 붙임성 있는 성격. 히나타는 그것을 생각하면 연예계로 들어가 톱모델이나 배우가 되겠다고 말하는 게 아닐까 예상했었다. 아니면 뻔하지만 객실 승무원이나 의사 같은 직업이 나올 것이라 짐작했다. 솔직히 허를 찔린 기분이다.

"신부? 모에는 인기가 많으니 될 게 분명하잖아."

누구나 선망하지만, 금방 이룰 수도 있는 꿈이라는 생각도 들었다.

"아, 히나타, 완전히 남의 일처럼 말하네! 이럴 땐 내가 널 신부로 만들어줄 거라고 말해야 하는 거 아니야?"

자전거 핸들을 쥔 히나타의 반소매 교복의 팔 부분을 잡고 아이처럼 흔든다. 토라진 얼굴로 따지는 모에의 모습이 몹시 사랑스럽게 보였다. 모에와 사귀면서 이런 감정을 느끼는 것이 벌써 몇 번째인가. 데자뷔처럼 빈번하게 일어나는 현상이다.

"그럼 난 슬슬 엄마가 데리러 올 테니 가볼게!"

미안한 표정으로 말한다.

"응."

"자, 나중에 다시 연락할게."

단둘이 보낸 시간은 겨우 5분. 모에는 몇 번이나 돌아보며 히나타를 향해 크게 손을 흔들었다. 어머니와 눈이 마주쳐 서로 인사했다. 역시 호의적으로 받아들이지 않는 느낌이다.

사귄 지…… 아니, 사귀는 듯한 이 상황이 벌써 두 달 가까이 지나고 있었다. 히나타는 자동차를 향해 빠른 걸음으로 나아가는 모에의 뒷모습을 따뜻하게 배웅했다.

모에의 생일은 6월 4일이다. 올해 스트로베리 문을 관측할 수 있는 날도 6월 4일. 모에의 생일과 같은 날이라는 기적이 겹쳤다.

어느 쪽이든 히나타에게는 무엇보다 중요한 날이다. 생일에 모에를 불러내기란 난도가 제법 높다. 왜냐하면 모에는 집에서 공주님처럼 귀하게 여겨지기 때문이다. 그러나 히나타 나름대로 6월 4일에 모에가 기뻐할 생일 선물을 주기로 결심했다. 그리고 밤에 몰래 나가 모에가 보고 싶어 하던 스트로베리 문을 같이 볼 계획을 은밀히 세우고 있었다. 히나타는 그녀의 바람을 이룸과 동시에 모에가 최고로 기뻐하는 모습을 본다는 자신의 바람을 이루고 싶었다. 그런 충동에 빠진 상태였다.

생일은 모에가 태어난 가장 중요한 날이다.

생각해야 한다. 모에가 기뻐할 최고의 생일 선물을. 밤낮을 가리지 않고 계속 그것만을 생각했다.

틈만 나면 모에의 생일과 밤에 몰래 빠져나갈 계획을 세우는 데 전념했다. 그녀가 기뻐할 연출과 스트로베리 문을 함께 볼 계획만이 히나타의 머릿속에 맴돌았다.

너무 고민하느라 잠이 부족할 지경이다. 필연적으로 수업 중 깜박 조는 시간이 늘어났다.

조는 모습으로 히나타가 수면 부족인 것이 모에에게 바로 들켰다.

'괜찮아?' 하는 메시지에도 허세를 부리며 '괜찮아!'라고 바로 대답했다.

히나타가 조사한 바에 따르면, 올해 스트로베리 문이 가장 크게 보이는 시간은 밤 아홉 시가 지날 무렵이라고 한다. 모에는 집에서 매일 마중을 나오므로 당연한 일이지만,

지금까지 밤에 같이 외출한 적이 없다. 지난번의 예상치 못한 첫 데이트가 모에와 가장 긴 시간을 보낸 날이었다.

그날은 모에가 부 활동을 쉬는 날이라 어떻게든 4일 저녁 마중 나오는 시간 전에 잠시 만나는 것과 밤에 집에서 몰래 나오라는 약속을 받아두었다.

차로 마중을 나올 정도로 귀한 딸이다. 그런 그녀를 밤에 집에서 나오게 하는 것이 과연 가능할까? 작전을 생각하고 또 생각했다. 밤의 대탈출에는 특히 골머리를 앓았으나, 전날이 되어서야 간신히 히나타 나름대로 작전을 완성했다.

가와겐

생일을 맞이했다. 히나타는 먼저 모에에게 아주 차가워진 커피 우유병을 건넸다.

"어? 커피 우유?"

"일단 마시면 말해줄게!"

의미심장한 메시지와 함께 저녁에 히나타와 만날 때까지

커피 우유를 다 마시라는 연락만 해두었다.

커피를 싫어하면 마시지 않아도 되지만, 내용물은 모두 비워달라고도 전했다.

마지막으로 옥상에 도착하면 전화해 달라는 말도.

모에는 의아한 표정을 지었으나, 결국 웃음을 곁들이며 "응, 알겠어!" 하고 대답했다.

오후 네 시 종이 학교 전체에 울렸다. 하교하는 학생들 무리가 교문으로 향했다.

미리 옥상 자물쇠가 망가졌다는 정보를 후양, 즉 후쿠야마 린타로에게 입수해 둔 히나타는 모에를 학교 옥상으로 불러냈다.

계단을 올라오는 희미한 발소리. 그 소리가 멈추더니, 이번에는 문이 끼익 열리는 소리가 옥상에 울렸다. 옥상 문을 연 사람은 한 손에 병을 든 모에였다.

옥상 구석에 앉아 하교하는 학생들을 내려다보는 남학생의 뒷모습을 향해 종종걸음으로 걷는다.

모에는 옥상을 걸으며 하늘을 올려다보았다. 맑은 하늘은 구름 한 점 없이 온통 푸르렀다. 초여름의 바람이 모에의 코끝을 살며시 간질였다. 모에는 스마트폰의 전화 버튼을 눌렀다. 히나타가 시키는 대로 옥상에 도착하면 전화해 달라는 말을 충실히 실천했다.

"뭐야! 놀랐잖아. 애써 커피 우유를 다 마셨더니 병에 갈색 매직으로 글씨가 쓰여 있더라."

불평하는 것 치고는 목소리에 기쁜 감정이 실려 있었다. 사소한 이벤트가 무척 기뻤던 모양이다.

"선물을 받고 싶다면 옥상으로 와'라는 메시지가 숨겨져 있을 줄이야."

앉아 있는 남학생의 등을 향해 모에 나름대로 크게 외쳤다. 히나타의 스마트폰은 여전히 벨이 울리는 채였다. 그는 눈치채지 못했는지 전화를 받을 기미가 없었다. 그것도 그럴 터였다. 옥상에는 히나타 대신 친구인 가와겐, 즉 가와무라 겐지가 있기 때문이다. 쪼그려 앉아 있었기에 히나타가 아님을 알아채기까지 시간이 걸렸다. 남학생이 갑자기 똑바로 일어났다. 그 모습을 멀리서 보고, 히나타가 아닌 것을 알게 된 모에는 순간 당황했다.

"어? 어라?"

가와겐은 모에의 입에서 놀란 소리가 흘러나온 순간 돌

아보았다.

"사쿠라이, 생일 축하해! 자, 여기 메시지."

히나타가 맡긴 메시지를 전달하는 임무를 수행하기 위해 옥상에 있었던 것이다. 가와겐이 천천히 모에를 향해 걸어 갔다.

"앗? 가와무라였어? 무슨 일이야?"

모에가 놀란 표정으로 물었다.

"히나타에게 부탁받았어. 깜짝 이벤트니까 도와달라더라! 그나저나 놀랐다니까. 설마 사쿠라이와 히나타가 정말 사귀고 있었다니. 사이가 좋다고는 생각했지만, 설마 사귀고 있었을 줄이야……. 그 녀석 친구인 우리에게까지 지금껏 비밀로 하고 있었다니까. 남자의 우정을 의심했다고."

가와겐이 뒤통수를 오른손으로 긁적이며 어이가 없다는 표정으로 불평하듯이 모에에게 말했다.

"나는 비밀로 할 필요가 없다고 히나타에게 말했는데, 걔가 일부러 말할 필요도 없다고 해서."

"아무튼 그 남자 친구가 아무에게도 말하지 말라는 것과 옥상에서 이 메시지를 전달해 달라고 하니 받아."

그렇게 말하며 모에에게 봉투를 쓱 건넨다.

"고, 고마워."

모에는 봉투에 든 종이를 서둘러 꺼냈다. 그대로 내용을 읽었다.

"뭐라고 쓰여 있어?"

가와겐이 메시지 내용에 관심이 많은 얼굴로 물었다.

"'체육관으로 와'라고 쓰여 있어."

"우리에게도 내용은 알려주지 않았거든."

"어? 우리?"

"자, 어서 가봐."

모에가 문 쪽으로 다시 나아가려고 하는 참이었다.

"사쿠라이! 히나타를 진심으로 좋아해?"

모에는 그 말에 호응하듯이 돌아보았다. 햇빛에 반사되어 환하게 빛나도록 웃는 얼굴로 되묻는다.

"응? 갑자기 왜?"

"그 녀석은 보는 바와 같이 진지하고 좋은 녀석이니까……."

가와겐의 괜한 참견을 중간에 가로막았다.

"그럼! 당연하지! 그래서 나는 첫눈에 반했는걸……."

가와겐은 사쿠라이 모에의 입에서 똑똑히 나온 그저 부

러울 뿐인 말을 받아들이는 것이 고작이었다.

첫눈에 반했다고?

거짓말이지?

학교에서 제일 예쁘다고 소문난 사쿠라이 모에가?

친구이기는 하지만 굳이 따지자면 눈에 띄지 않는 히나타를?

가와겐은 "현실인가?" 하고 크게 외치고 싶었다.

"고마워, 가와무라."

가와겐에게 가볍게 인사를 하고, 모에는 서둘러 옥상을 떠났다. 당당한 태도에 넋이 나갈 지경이다. 청초한 분위기가 감도는 모에의 뒷모습을 가와겐은 입을 삐죽이며 배웅했다.

"크윽. 히나타, 이건 아니지. 학교 최고의 아이돌이 여자친구라니…… 그나저나 사쿠라이 모에는 역시 예쁘구나."

납득이 가지 않는지 혼잣말을 해댄다. 큰 한숨마저 내뱉었다. 거기에는 선망과 질투가 뒤섞여 있었다.

"아, 히나타 녀석, 너무 부럽다."

부탁한 일을 마친 가와겐도 옥상에서 내려가기로 했다.

"으악, 야구부 선배 벌써 와 있잖아! 연습 준비 시간에 안

늦으려나?"

후양

모에는 히나타가 보낸 메시지를 꼭 쥐었다. 계단을 헛디디지 않는 정도의 속도로 조심하며 빠르게 내려갔다. 총 60계단을 내려가자 복도가 모습을 드러냈다. 거기서 오른쪽으로 돌아 체육관 방향으로 발을 옮겼다.

하교하는 학생들 사이를 헤치고 히나타가 있는 체육관으로 향했다.

체육관이 가까워질수록 부 활동을 하느라 활기에 찬 목소리와 소리가 밖까지 새어 나왔다.

커피 우유병에 쓰인 메시지.

옥상에 있는 친구를 통한 메시지 전달.

복잡한 연출에 조금 당황했지만, 자신을 위해 여러모로 생각해 준 히나타가 더욱 사랑스럽게 느껴졌다.

아까 옥상에서 가와무라에게 한 말은 한 치의 거짓도 없이 모두 진실이었다.

히나타에게는 말하지 않았지만, 히나타를 먼저 좋아하게 된 사람은 모에였다. 솔직히 히나타는 다짜고짜 고백하는 굉장히 특이한 여자라고 생각했을지도 모른다.

자신이 먼저 좋아하게 된 히나타가 깜짝 이벤트를 해주는 이 상황이 진심으로 기쁘다. 평소 성격과는 정반대의 연출이다. 열심히 고민하고 행동해 주는 것에 모에는 마음 깊이 감사했다.

체육관의 무거운 문고리를 잡았다. 금속 벽을 수평으로 단숨에 당겼다. 드르륵 소리를 내며 문이 열렸다. 배구부와 농구부의 활기찬 연습 풍경. 운동부의 약동감이 모에의 눈에 가득 들어왔다.

여기까지 평소보다 빠른 걸음으로 온 만큼 심장 박동이 빨라진 것을 스스로 느낄 수 있었다.

운동복을 입고 움직이는 학생들 사이로 모에는 좌우를 둘러보았다. 필사적으로 히나타의 모습을 찾았다. 몇 분이나 지났지만, 발견하지 못했다. 연습 중인 남학생들의 시선이 점점 모에에게 집중되었다. 당연하다. 학교에서 예쁘다고 소문난 사쿠라이 모에가 운동부의 연습을 보러 왔기 때문이다. 심지어 누군가를 찾고 있다. 남학생들이 술렁거리

기 시작하더니 멋진 모습을 보이기 위해 멋대로 연습에 열
중했다. 그와 반대로 몇몇 남학생은 너무 들뜬 나머지 연
습에 집중하지 못했다.

체육관 입구에 선 모에의 뒤에서 누군가 말을 걸었다.

"사쿠라이."

히나타와 다른 목소리에 모에는 놀라 돌아보았다.

목소리의 주인은 후쿠야마 린타로였다. 히나타에게는 후
양이라 불린다.

"후쿠야마?"

"응. 아, 미안해. 거기 닫아도 될까?"

후쿠야마는 다른 학생들의 시선이 신경 쓰이는지 체육
관 문을 닫았다. 남학생들의 호기심 어린 시선에 자신까지
드러나는 상황을 차단하기 위함이다.

"어, 응."

"히나타에게 이걸 건네주라고 부탁받았거든."

"앗, 후쿠야마도?"

"응, 히나타가 절실하게 부탁하니까 이번만 특별히 해주
는 거야."

"미안해, 히나타가 귀찮게 굴었나 봐."

"뭐야, 여자 친구가 남자 친구의 무례함을 사과하는 듯한 이 느낌?"

"에헤헤, 그렇게 되려나?"

수줍게 웃는 얼굴이 매우 귀엽다. 친구의 여자 친구지만, 솔직히 후쿠야마 린타로도 이 웃음에는 순간 넋이 나갈 뻔했다.

사쿠라이 모에는 친구의 여자 친구라는 인식을 초월할 만큼 예쁘다. 본래 후양, 즉 후쿠야마 린타로는 가와겐처럼 여자와 허물없이 대화할 수 있는 타입이 아니다. 예쁜 여자에 대한 면역력으로 말하자면, 히나타와 거의 다를 바 없다. 히나타를 전투력 0이라고 한다면, 후양은 10 정도랄까. 그에 비해 가와겐은 전투력 95쯤은 될 것이다.

"그, 그, 그렇구나, 헤헤."

어색하게 웃는 것이 최선이었다.

모에가 급하게 봉투를 열었다. 바로 메시지를 확인한다.

"이번에는 수영장이네."

"수영장이라. 음……."

"이거 보물찾기 같아서 정말 재미있어. 후쿠야마도 고마워!"

"아니, 어, 그래."

떠나려는 순간 모에는 고개를 돌려 후양에게 물었다.

"저기, 질문해도 될까? 히나타는 어떤 사람이야?"

"뭐? 히나타?"

후양은 뜻밖의 질문에 당황했다.

"응. 아직 히나타에 대해 모르는 게 많으니까 가르쳐줬으면 좋겠어."

고개를 갸웃하며 후양은 잠시 생각에 잠겼다.

"으음, 뭐라고 말하면 좋으려나. 일단 장점부터 말할게. 기본적으로 진짜 착해. 솔직한 성격이야. 친구를 생각할 줄 알고. 겉으로는 별로 티가 나지 않는 것 같지만, 정이 많고, 눈물도 많고 올곧은 성격에 단호한 면도 있는 타입이랄까."

팔짱을 끼고 열심히 히나타에 대해 진지하게 알려주었다.

"아, 맞아. 입학식 날 지각한 것도 곤경에 처한 할머니를 도와서 파출소까지 모셔다드리느라 지각했다더라."

모에는 기쁨이 솟구쳐 킥킥 웃었다. 히나타답다. 그것이 그 에피소드를 들은 모에의 감상이었다.

"그렇구나. 내가 느낀 이미지와 같네. 그럼 단점은?"

모에가 흥미진진한 얼굴로 물었다.

"글쎄. 너무 착하고, 매사에 너무 진지한 점이랄까."

"그건 단점이 아닌 것 같은데……."

이어서 후후후 웃었다.

"걘 정말 좋은 녀석이거든. 요전에도 자기 우산을 초등학생에게 빌려주고 본인은 비를 쫄딱 맞고 돌아갔다니까. 초등학생 때는 버려진 강아지를 보고 집과 반대 방향인데 매일 낮에 남은 급식 우유와 빵을 주고 돌아갔을 정도야."

조금 어이가 없다는 얼굴이지만, 자랑스러운 친구의 일을 즐거운 듯한 표정으로 말하는 후양을 보고 가슴이 따뜻해졌다. 무척 기쁜 듯이 히나타의 이야기를 하는 후쿠야마 린타로 역시 좋은 사람이라고 모에는 생각했다.

"그렇구나! 내가 히나타를 처음 좋아하게 된 것도 그것과 비슷해!"

첨벙첨벙

좋아하는 히나타를 생각하고 있는 것일까? 모에의 표정
에서 애정이 넘치는 미소가 번졌다.

"어? 처음? 그거 입학식 얘기야?"

처음이란 말에 의아함을 느낀 후양이 물었다.

"아, 아무것도 아니야. 후쿠야마, 고마워."

대답을 얼버무리고 발을 돌려 그 자리를 떠났다. 수영장
이 있는 방향으로 빠르게 걸었다. 그 뒷모습에서 모에가 행
복하다는 것이 느껴졌다. 걸어가는 뒷모습이 후양에게는
무척 즐겁게 보였다.

의외였다. 히나타가 이렇게 복잡한 이벤트를 생각한 것
이.

초등학생 때부터 오래 알고 지냈으나, 이런 깜짝 이벤트
를 벌이는 타입이라고는 전혀 생각하지 못했다. 그래도 필
사적으로 부탁하는 히나타의 정성에 마음이 움직여, 사쿠
라이 모에에게 편지를 전달하는 역할을 가와겐과 함께 승

낙했다.

본래 뜨거운 남자지만, 이렇게까지 무언가에 열중하는 히나타를 본 건 어쩌면 처음일지도 모른다. 그만큼 처음 생긴 여자 친구를 소중하게 여긴다는 뜻이다. 아니, 사쿠라이 모에이기에 소중하게 여기고 싶은 것이다. 좋아하는 여자 친구가 기뻐하길 바라는 모습은 어떻게 보면 히나타답기는 하다.

그런 히나타는 모에가 기다리는 수영장으로 향하던 중, 귀에 익은 목소리에 의해 그 자리에 붙들렸다.

"히나타!"

히나타가 돌아보자 소꿉친구인 다카토 레이가 서 있었다. 농구부에서 현 대표가 될 정도로 뛰어난 운동 신경을 지닌 소녀다. 또렷한 이목구비에 투명할 만큼 하얀 피부가 아름다움을 더욱 돋보이게 했다. 사쿠라이 모에가 '귀엽고 예쁜 외모'로 귀여움이 우세하다면, 다카토 레이는 '예쁘고 귀여운 외모'로 예쁜 쪽이 우세하다. 소꿉친구인 히나타는 이해가 되지 않았으나, 그런 그녀의 팬도 학교 내에 많다고 한다. 동급생 사이에서는 인기 순위로 선두를 다툰다고 소문이 자자하였으나, 히나타에게는 옛날부터 함께 지낸 말괄량이 여자애라는 인상밖에 없다.

"왜? 레이, 나 지금 바빠!"

조금 차갑게 대했다.

"있잖아, 히나타, 할 말이 있는데……."

"미안하지만, 지금 바쁘니까 다음에 해주지 않을래?"

평소의 히나타라면 멈춰서 들었겠지만, 오늘의 히나타는 어떻게든 해내야 하는 사명이 있었다. 그 때문에 히나타답지는 않지만, 무시하고 그 자리를 떠나려고 했다.

"저기, 너 사쿠라이와 사귀고 있어?"

"뭐?"

뜻밖의 질문에 히나타는 그 자리에 섰다.

"레이와는 상관없잖아!"

"왜 사쿠라이 모에야?"

히나타는 레이의 질문에 대답하지 않고, 모에가 있는 방향으로 서둘러 달려갔다.

"그 얘기는 나중에 해! 미안해."

"기다려, 히나타! 기다리라니까!"

뒤에서 부르는 소리가 몇 번이나 들렸지만, 다카토 레이의 목소리는 히나타의 귀에서 점점 멀어졌다.

"초등학생 때 나에게 준 이 키홀더, 소중하게 간직해 온 의미를 전혀 모르네……."

레이가 슬픈 목소리로 나직하게 중얼거렸다.

학교 서쪽에 피기 시작한 수국이 화단을 화사하게 꾸몄다. 거기서 서쪽으로 더 가면 나오는 수영장은 6월 초순인데 벌써 물 교체가 시작되고 있었다. 예년보다 빠르게 올해는 6월 11일부터 수영장이 개방된다. 투명한 수면에 햇빛이 반사되어 반짝반짝 눈부심을 더했다. 물론 잠겨 있으므로 외부인이 안에 들어가려면 울타리를 넘지 않으면 안 된다.

히나타답다. 모에가 도착하면 울타리를 넘지 못하기에 뒤로 돌아 들어갈 방법을 보내주었다. 혹시 뛰어넘을 거면 조심해! 하고 걱정하는 메시지도 첨부되어 있다.

모에는 그런 사소한 배려가 무척 기뻤다. 천천히 몸을 철문에 올린 뒤, 신중하게 발끝부터 바닥으로 내렸다. 후우 하는 심호흡과 함께.

콘크리트 계단을 종종걸음으로 올라갔다. 모에가 파랗게 꾸며진 수영장에 나타났다. 히나타를 찾는 듯 수영장 전체를 둘러본다.

히나타는 숨어서 그 모습을 확인했다. 그리고 천천히 모에의 앞에 모습을 드러냈다.

"히나타."

히나타를 발견한 모에의 목소리 톤이 한층 높아졌다.

히나타로부터

"미안해, 여기까지 오는 게 번거로웠지?"

히나타가 조금 큰 목소리로 모에를 보며 다정하게 말을 걸었다.

"아니야, 괜찮아. 보물찾기 같아서 재미있었어."

"가와겐과 후양이 뭐라고 하진 않았고?"

"아니, 아무것도."

가와무라가 히나타에 대해 진심이냐고 물은 것도, 히나타를 좀 더 알고 싶어 후쿠야마에게 물은 것도 왠지 이 분위기에 찬물을 끼얹는 느낌이 들어 모에는 자세히 말하는 것을 삼갔다.

"일단…… 생일 축하해!"

"고, 고마워."

"그래서 모에게 생일 선물을 주고 싶은데 받아줄래?"

갑자기 기계가 회전하는 소리가 크게 들렸다. 어디선가 비행 물체가 나타나 상공을 떠다니기 시작했다.

"앗?"

소형 무선조종 헬리콥터다. 게다가 자세히 보니 헬리콥터 밑으로 늘어진 종이에 "HAPPY BIRTHDAY MOE"라고 쓰여 있다. 조금 창피하다.

헬리콥터가 오른손을 든 히나타의 손을 향해 비행했다. 그대로 히나타의 오른손에 놓이는가 싶더니 갑자기 히나타의 오른손을 중심으로 선회하는 속도를 올렸다.

예상과 달랐던 듯 허둥거리는 히나타와 달리, 헬리콥터는 미묘하게 손이 닿지 않는 장소를 오가고 있다. 인내심에 한계가 온 히나타가 수영장 옆에서 몇 번이나 점프했다. 자꾸 아슬아슬한 타이밍으로 헬리콥터가 피하는 바람에 잡지 못하고 있다.

시선만 모에게 맞추며 초조한 기색을 더해가는 히나타.

그런 콩트 같은 상황을 왠지 즐겁게 지켜보는 모에.

결국 히나타는 몸을 굽혔다 반동을 이용하여 단숨에 뛰

어올랐다.

그래도 닿지 않는다. 착지에 실패하여 균형을 잃은 히나타가 교복을 입은 채 수영장 안에 빠지고 말았다.

첨벙 하는 요란한 소리와 함께 물보라가 튀었다.

"꺅!"

모에의 놀란 소리가 커다란 물소리에 먹혀 사라졌다.

수면으로 얼굴이 튀어나왔다. 그런 히나타의 머리 위에 떠 있던 헬리콥터는 의도적인 듯 수영장 가운데로 무언가를 떨어뜨렸다.

수영장 밖에서 두 남학생이 크게 폭소하는 소리가 울렸다. 그 목소리의 주인공인 두 사람이 모습을 드러냈다.

"히나타, 너 혼자 멋지게 보이도록 놔두지 않을 거니까."

"뭐, 이만큼 귀여운 여자 친구가 있으니 물에 빠지는 것 정도는 참으라고."

야구부 연습복을 입은 가와겐과 후양이 서로를 두드리며 배를 잡고 크게 웃었다.

"이게 뭐야, 은이라서 물에 젖으면 안 된단 말이야!"

히나타가 젖은 머리를 쓸어 올리며 두 사람에게 항의했

지만, 여전히 웃음을 터뜨리고 있다.

"우린 간다, 물에 젖은 멋진 남자!"

뒤는 알아서 해, 하고 큰 웃음소리와 함께 무선조종 헬리콥터를 조종하며 두 사람은 그 자리를 떠났다. 히나타에게는 둘 다 매우 짓궂은 표정을 짓고 있는 듯 보였다. 모에는 참지 못하고 웃음을 터뜨렸다. 물속에서 조금 기분이 상했던 히나타도 덩달아 크게 웃기 시작했다.

잠시 뒤 정신을 차리고 서둘러 수영장 가운데로 떨어진 상자를 찾았다. 상자를 찾아 안에 든 반지를 꺼냈다.

"모에! 다시 한번 생일 축하해."

물을 헤치고 모에가 있는 곳까지 필사적으로 다가갔다. 수압 탓에 좀처럼 모에가 있는 곳까지 도달하지 못했지만, 그런 히나타를 모에는 한층 더 사랑스럽게 여겼다.

"이거……. 미안해, 물에 젖어서 녹슬지도 몰라."

물속에서 모에를 올려다보았다. 손을 뻗어 상자에 들었던 반지를 모에에게 건네려고 하였으나 여전히 닿지 않았다. 모에는 다정하게 미소로 답하고, 발끝을 수영장 안에 담갔다.

"아니야. 고마워, 히나타."

그 말을 마치고 모에는 스마트폰을 바닥에 살며시 내려놓고, 교복을 입은 채 천천히 물에 몸을 가라앉혔다.

히나타는 허둥지둥 헤엄쳐 모에에게 다가갔다.

"앗, 모에 짱!"

"괜찮아."

물을 가르고 모에도 히나타 쪽으로 걸어갔다. 두 사람은 수영장에서 5미터쯤 들어간 곳에서 마주쳤다.

"모에 짱, 항상 체육 시간에는 함께하지 못하고 바라만 봐야 하는데 들어와도 괜찮겠어? 미안해."

"아니야. 기뻐. 지금까지 살면서 제일 기뻐."

"정말로?"

"응. 게다가 제일 기쁘면서 제일 재미있는 생일이 되었어. 나도 교복을 입고 물에 들어갈 거라고는 생각도 못 했어."

"미안해, 물속까지…… 정말 미안."

히나타는 상자에서 꺼낸 반지를 모에의 약지에 끼워주려고 했다. 그러나 들어가지 않는다.

"어라? 어라라?"

히나타는 몇 번이나 고개를 갸웃했다. 당황한 얼굴이 모에에게는 재미있게 보였지만, 히나타의 표정은 점점 흐려지기만 했다.

"히나타, 이거 핑키링 아니야?"

모에가 킥킥 웃으며 히나타에게 들어가지 않는 이유를 설명했다.

"뭐?"

잘못 산 것이 부끄러워 히나타는 귀까지 새빨개졌다.

"핑키링은 새끼손가락 전용이야."

모에는 히나타에게 따뜻한 미소를 보냈다.

"엥? 이럴 수가……."

"후후후, 그래도 고마워."

수면이 반사된 젖은 머리가 신비롭고 아름다운 소녀의 웃음을 한층 더 밝게 빛냈다.

친구

"너희들! 거기서 뭐 하는 거냐?"

좋은 분위기를 깨뜨리는 탁한 목소리가 수영장에 울려 퍼졌다. 학생들에게 질척거리기로 유명한, 껌이라는 별명이 붙은 체육 교사 우메모토였다. 우메모토는 강호 아티스틱 스위밍부의 고문이기도 하다. 수영장을 개방하기 전에 상태를 확인하러 온 것이다.

"어라? 너, 사쿠라이 아니냐! 괜찮은가? 물에 들어가도? ······그러고 보니 너는 누구지?"

우메모토는 사쿠라이 모에는 알고 있지만, 히나타는 인식하지 못하였다. 히나타는 자신의 하찮은 존재감을 새삼 통감했다.

"일단 빨리 올라와! 게다가 교복을 입고 들어가다니 너희 바보냐?"

"죄송합니다."

우메모토에게 보이지 않도록 모에가 돌아보며 하얀 이를 드러냈다. 히나타에게만 장난스러운 표정을 보였다.

"고마워. 나, 정말 기뻤어. 평생 추억으로 간직할게."

작은 목소리로 말하며 은반지를 왼손 새끼손가락에 끼운다.

"너무 과분한 말인걸."

히나타도 우메모토에게 들키지 않도록 미소로 대답했다.

"너희들! 빨리 올라오라니까!"

"네."

물 위로 나가자 교복에서 물이 떨어졌다. 히나타만 반과 이름을 말하도록 하더니, 젖은 채로 20분쯤 설교를 들었다. 우메모토는 모에에게는 어서 체육복으로 갈아입도록 지시했다. 모에는 히나타를 신경 쓰면서도 일단 사물함에서 체육복을 꺼내 탈의실로 향했다.

우메모토는 체육계 교사인 것 치고는 질척거리는 기분 나쁜 인간이다. 또 자잘한 것까지 간섭하는 예민한 성격으로 유명하다. 히나타는 하필이면 성가신 인간에게 찍혔다고 생각했다.

모에의 생일에 방해가 들어왔으나, 깜짝 이벤트를 열어 성공적으로 축하하였다고 생각하니 그제야 조금 마음이 놓였다.

우메모토의 설교가 끝나고, 일단 교실로 돌아가자 연습 중에 빠져나온 가와겐과 후양이 히나타를 기다리고 있었다.

"야! 괜찮았어? 하필이면 우메모토가 나타날 줄이야."

"최악이야. 정말…… 스마트폰은 벤치에 놔두기를 잘했어, 물에 잠기지 않아서……."

감춰두었던 스마트폰을 얼른 꺼내 메시지를 확인했다. 모에로부터 메시지가 와 있었다.

괜찮아? 미안해. 엄마가 데리러 올 시간이라 먼저 돌아갈게…… 히나타, 정말 고마워. 난 16년 동안 살면서 오늘이 제일 기쁜 생일이야. 반지 소중하게 간직할게♡ 그리고 오늘 밤 스트로베리 문도 기대할게♡

그 메시지를 읽기만 해도 젖은 옷이며 설교를 들은 일쯤은 어디론가 날아가 버렸다. 글자를 되풀이하여 읽을 때마다 입가에 미소가 번졌다. 그와 동시에 양쪽에서 강한 질책이 날아왔다.

"말도 안 돼. 어떻게 네가 학교에서 제일 예쁜 사쿠라이와 사귀는 거야."

"맞아, 맞아!"

온갖 클레임을 걸어댄다.

"아까는 고마웠어. 하지만 마지막엔 너무해!"

히나타는 두 사람에게 감사하면서도 계획대로 진행되지 않은 선물 전달식을 불평했다.

"당연하지! 거기서 완벽하게 끝내면 너무 멋지잖아!"

"그래도…… 은반지가 물에 닿았단 말이야."

"알 게 뭐야. 그럼 먼저 말해줬어야지!"

"모에도 모르는데 너희에게 말할 리가 없잖아!"

"아주 행복에 겨웠구나! 이런 말이나 하고! 친구 사인데 우리에겐 사귀는 걸 진작 말했어야지!"

"미안, 미안. 나로서는 수준이 안 맞는 데다 모에의 팬이 여기저기 있잖아. 주제도 모르는 남자 친구라 모에에게 미안해서."

그때 생각난 듯이 가와겐이 말했다.

"그러고 보니 사쿠라이, 너에게 첫눈에 반했다고 하더라."

"뭐?"

"먼저 사귀자고 말한 사람이 누구야?"

"입학식 날 모에가 말하긴 했는데……."

"입학식?"

"응."

"사쿠라이, 자기가 처음 좋아하게 된 것도 그런 부분이라고 말했어."

"그건 무슨 뜻이야?"

"히나타는 어떤 사람이야? 라고 질문하기에 초등학생 때 강아지 이야기와 다른 사람에게 우산을 빌려주고 본인은 비를 맞은 이야기 같은 걸 해줬거든."

"아아……."

"그리고 입학식에 지각한 이유도 알려줬어."

"그건 딱히 말 안 해줘도 되는데."

"왜 사쿠라이 모에가 평범하고 착하기만 할 뿐 내세울 것도 없는 사토 히나타를 좋아하게 됐을까? 우리 학교 7대 불가사의 중 하나라니까."

"게다가 성격에 맞지 않게 깜짝 생일 이벤트를 해준다고 절박하게 부탁하다니 정말 좋아하는구나, 히나타."

가와겐이 히나타의 어깨를 주먹으로 몇 번이나 툭툭 쳤다. 후양도 그에 동조했다.

"응. 모에는 저렇게 예쁘고 인기가 많은데도 누구에게나 친절하고, 순진한 면도 있고, 빛난다고나 할까…… 역시 나와는 차원이 다른 것 같아……."

"그야 반할 만하지! 어, 그래? 그럼 내가 고백해 볼까."

"그럼 나도."

두 사람이 장난스럽게 웃으며 히나타를 놀렸다.

"그러지 마, 가와겐, 후양! 절대 그러면 안 돼."

"남자의 우정 따위는 한 여자 앞에서는 무너지는 법이야."

"후양, 내 생각도 그래."

"그렇지?"

가와겐과 후양이 손을 마주 잡았다. 히나타는 농담인지 진담인지 알 수 없어 진심으로 당황스러웠다.

"그럼 어떻게 할까?"

"그러지 말라니까."

두 사람의 웃음소리가 교실에 울렸다.

"자, 난 선배에게 혼날 것 같으니 이만 갈게!"

연습복을 입은 가와겐이 먼저 교실에서 나갔다. 후양도 교무실에 용건이 있다며 히나타를 두고 떠났다. 히나타는 젖은 교복에서 체육복으로 갈아입고 심호흡을 한 뒤, 서둘러 자전거 보관소로 향했다.

밤의 대탈주

일단 준비를 위해 집으로 돌아갔다. 좋아하는 사람의 생일을 축하한 뒤에 스트로베리 문을 보러 간다. 게다가 밤에 몰래 빠져나오는 작전이다. 이런 대담한 짓을 생각한 적도, 실행한 적도 없다.

너무 멀리 데려가기는 힘들다. 방에서 공부하는 것으로 하여 의심받지 않을 시간인 밤 아홉 시부터 열 시 사이의 한 시간을 노려야 하기 때문이다.

모에의 아버지는 엄한 사람이라고 들었기에 조금 무섭기는 하다. 그러나 평일에는 일 때문에 귀가가 항상 늦은 열두 시에 가까울 만큼 바쁘다고 들었다. 집을 나가는 모에와 혹시 생일인 오늘만은 일찍 귀가한 아버지와 마주치지 않도록 바랄 뿐이다.

모에의 정보에 따르면, 어머니는 대체로 정해진 시간에 씻는다고 한다.

목표로 한 밤 아홉 시부터 열 시까지의 한 시간이 천재일

우의 기회다.

히나타는 작은 가방을 어깨에 메고 조금 이른 여덟 시 삼십 분에 자전거를 타고 집을 나섰다. 페달을 밟는 발의 회전이 경쾌하다.

모에가 말했던 "스트로베리 문에는 인연을 맺어주는 효과도 있다고 해. 좋아하는 사람과 함께 보면 영원히 맺어진다고도…… 난 그 로맨틱한 미신을 믿어보고 싶어. 매년 좋아하는 사람과 같이 스트로베리 문을 보는 거야. 그게 나의 작은 꿈이야"를 회상하며, 자전거를 타면서도 계속 모에를 생각했다.

모에의 집 근처까지 자전거로 20분쯤 걸리지만, 초여름의 밤바람이 기분 좋았다. 땀을 흘리는 일도 없이 모에의 집 앞에 순조롭게 도착했다. 스마트폰을 가방에서 꺼냈다. 모에에게 메시지를 보낸다.

응, 알겠어

답장이 온 지 5분 뒤에 모에가 나왔다. 아무에게도 들키지 않도록 현관에서 소리를 내지 않으며 신중하게 빠져나왔다.

모에가 작게 속삭였다.

"엄마는 지금 막 씻으러 들어갔어. 아빠는 아직 안 왔으니 괜찮을 거야…… 가자."

타고 온 자전거까지 모에는 히나타의 손을 잡고 당기며 달렸다.

히나타는 이 순간, 수족관 데이트 이후로 모에와 두 번째로 손을 잡았다.

그녀의 작은 손은 차갑고 가녀렸다. 힘을 주면 부러질 것만 같다. 그러면서도 강한 무언가가 깃들어 있다. 또한 그녀와 손을 잡은 기쁨이 거창한 표현일지도 모르지만, 온몸을 휘감았다. 심장을 손으로 강하게 쥐었다가 단숨에 놓은 반동처럼 가슴이 뛰었다.

히나타의 자전거 앞에 도착했다.

"그럼 히나타가 운전해."

그렇게 말하며 뒤의 짐받이 앞에서 손을 뒤로 모으고 응석을 부리듯이 미소를 지었다. 모에는 선수를 치고는 히나타가 운전하기를 기다렸다.

히나타는 모에도 자신의 자전거를 타고 나올 것이라 잘못 예측했다. 냉정하게 생각하면 모에의 자전거가 평소 세워두는 위치에 없으면 몰래 빠져나간 사실을 곧바로 들킬

것이 당연하다. 히나타는 자신의 자전거에 올라탄 뒤, 모에
가 짐받이에 탈 수 있도록 자전거를 살짝 기울였다.

모에가 치맛자락을 올려 안이 보이지 않도록 하며 히나
타의 뒤에 천천히 올랐다. 추정 156센티미터, 42킬로그램
의 자그마한 몸은 짐받이에 탄 것을 느끼지 못할 만큼 가
벼웠다.

달이 보이는 언덕

6월의 밤바람이 두 사람을 환영하는 듯했다. 마주 불어
오는 바람이 몹시 기분 좋다. 두 사람의 기분이 최고조에
달했다. 경사로를 내려갈 때는 페달을 밟지 않고 둘이서 다
리를 벌리고 비명을 지르며 소란을 피웠다. 모에의 웃음소
리가 등을 통해 들렸다.

"히나타."

"왜에?"

"너무 신나."

"나도."

"나, 밤에 집에서 나온 거 처음이야."

"어? 정말?"

"통금이 일곱 시까지라 가족과 나가는 것 외에는 밤에 돌아다닌 적이 없어."

"통금이 일곱 시인 건 알았지만, 그보다 늦은 시간엔 혼자 집에서 한 걸음도 나간 적이 없다는 거야? 편의점 정도는 갔겠지?"

"아니, 한 번도 없어."

"우와, 진짜?"

모에가 귀하게 자란 딸인 건 알고 있었지만, 이 정도일 줄은 몰랐다.

"자전거를 타고 밤길을 달리는 게 이렇게 기분 좋은 거였구나! 난 16년간 살면서 모르는 게 아직 많다고 느껴. 그걸 히나타와 함께 경험할 수 있어서 정말 기뻐."

모에는 그렇게 말하고는 히나타의 등에 얼굴을 꾹 들이밀었다. 그리고 허리를 감은 손에 힘을 주었다. 히나타는 등으로 느껴지는 모에의 따스함에 더욱 행복해졌다. 운전수로서 사고를 내지 않도록 조심하며 등을 펴고 페달을 돌렸다.

내리막길의 질주가 끝나자, 이번에는 언덕을 구불구불

올라가는 오르막길이 두 사람을 가차 없이 맞이했다. 아무리 모에가 가볍다고 해도 뒤에 사람을 태우고 15도 경사를 오르기란 힘들다. 자전거에서 내려 그 길을 둘이 나란히 걸어 올라갔다. 차도에는 자전거. 가운데에는 히나타. 가장 위험이 없는 보도에는 모에가 걷도록 했다.

아주 가끔 자동차가 위아래로 지나갔다. 원주처럼 커브를 그리며 얼마간 올라가자, 왼쪽 아래로 커다란 연못이 보였다. 밤이라 솔직히 꺼림칙하게도 보였으나, 가로등이 많이 설치되어 있어서 제법 밝은 편이다. 둘이 있으니 어두운 밤길도 별로 무섭지 않다. 높은 언덕 정상에는 온천 시설이 있어서 아까부터 가족 단위인 듯한 자동차가 올라갔다.

온천 시설의 옆에는 작은 공원이 있어서 그 온천 시설과 공원 양쪽에서 거리를 내려다볼 수 있었다. 시의 예산으로 다수 설치된 가로등은 온천 시설로 가는 유도등일 것이다. 공원 끝까지 가면 가로등이 적어진다. 하늘을 올려다보는 데는 최고의 환경이 갖추어져 있다.

히나타는 일주일 전 같은 시간에 미리 조사해 두길 잘했다고 생각했다. 그때는 솔직히 아까 지나친 커다란 연못 때문에 불안해서 조금 무섭긴 했다.

온천 시설을 지나 공원의 풀밭에 피크닉 시트를 깔았다. 두 사람이 누워도 되는 커다란 시트다. 모에에게 앉기를 권유했다.

"어? 굳이 시트까지 가져와 준 거야?"

모에의 목소리 톤이 한층 높아졌다.

"당연하잖아? 공주님을 이슬이 맺힌 풀밭에 그냥 드러눕게 할 수 없다고!"

농담 섞인 말투로 말했다.

"아니, 난 공주님이 아니라니까!"

스트로베리 문

두 사람은 순서대로 시트에 천천히 다리를 뻗고, 몸의 힘을 모두 빼고 드러누웠다. 밤하늘에 뜬 붉은 빛이 감도는 달이 두 사람을 환영하는 듯 보였다.

스트로베리 문.

역시 언덕 위라 더욱 크고 동그랗게 보였다. 색도 선명함이 다르다. 히나타는 오른손으로 신비로운 달을 향해 손을 뻗었다. 모에도 히나타를 따라 팔을 들었다. 히나타의 오른손과 모에의 왼손이 하나가 되었다. 모에의 새끼손가락에는 히나타가 낮에 선물한 핑키링이 행복의 증표로 끼워져 있었다. 가녀린 손가락에 핑키링이 잘 어울린다.

옆에 있는 모에의 체온을 느끼며 히나타는 모에가 좋아한다고 했던 곡을 휘파람으로 불었다. 스트로베리 문에 비친 두 사람의 배경 음악이 되었다.

"히나타, 휘파람 잘 부네. 난 못하거든."

"그래? 모에는 휘파람 불 줄 몰라? 어디 한번 해봐."

휴, 휴 하고 공기가 빠지는 소리가 났다.

"아하하하."

"히나타, 너무해."

"그야 모에가 부는 휘파람은 입을 오므리고 숨을 내뱉을 뿐이잖아."

"놀리지 마."

모에가 어깨를 살짝 때리며 말한다. 별것 아닌 대화를 나누며 장난쳤다. 정말 아무 의미도 없는 대화다. 히나타는 이대로 시간이 멈추면 좋겠다고 생각했다. 물론 모에도 같은 마음이었다.

"고마워…… 정말 고마워. 내 생일에 스트로베리 문을 히나타와 같이 본 거, 평생 안 잊을게."

"나도 마찬가지야, 모에……."

두근거린다. 시선만 모에 쪽으로 약간 옮기는 것이 최선이었다. 바로 옆에 있는 예쁜 옆얼굴을 똑바로 볼 자신이 없다. 겹친 손 너머로 보이는 달이 빛을 더하는 듯 보였다. 좋아하는 사람과 함께 스트로베리 문을 보면 영원히 맺어진다. 그 행복을 예감하게 하는 멋진 미래가 머릿속에서 몇 번이나 재생되었다.

"아니, 내가 모에와 보고 싶었으니까."

히나타는 필사적으로 동요를 감췄다. 시트러스 계열의 샴푸 냄새. 스쳐 지나가는 초여름의 바람과 뒤섞인다. 두근거림이 커졌다.

"영원히 잊지 않아. 영원히……."

잘못 들었나? 모에의 목소리가 살짝 떨리는 듯했다. 곁눈질이라 정확하지는 않지만, 그녀의 눈에서 눈물 같은 것이 볼을 따라 흐르는 듯 보였다. 착각일지도 모른다. 하지만 히나타에게는 그런 식으로 보였다.

"히나타………… 혹시 내가 없어지면 다른 사람을 좋아할래?"

"그럴 리가 없잖아!"

생각지도 못한 질문이었다. 좋아하는 사람과 함께 스트로베리 문을 보면 영원히 맺어진다. 그런 긍정적인 미신을 현실로 만들고 싶다고 바란 순간, 정반대의 부정적인 말이 모에의 입에서 흘러나왔다.

바로 몸을 일으켰다. 그리고 모에 쪽으로 시선을 옮겼다. 모에의 눈에는 역시 눈물이 고인 듯했다.

"모에…… 난 너와 절대 헤어지고 싶지 않아."

차일 거라고 생각한 히나타는 필사적으로 자신의 마음을 전했다.

"미안, 미안, 그런 뜻이 아닌데 오해하게 해서 미안해."

당황한 모에가 몸을 일으켰다. 두 사람의 시선이 마주쳤다.

히나타는 그 순간 용기를 내려고 했다. 첫 키스를 할 타이밍을 노렸으나, 모에의 눈에서 툭 떨어진 눈물로 멈칫하는 바람에 키스는 여기서 바로 포기했다.

열다섯 살의 건전한 남자라면 당연한 감정이지만, 히나

타는 모에의 표정으로 드러난 마음을 존중하였다.

모에가 눈에서 흐른 수분을 손으로 닦았다. 순식간에 아무 일도 없었던 듯 표정도 환하게 밝아졌다.

"이 전설이라고 해야 할지, 미신이라고 해야 할지 모르겠지만, 아무튼 나는 이 도시 전설을 믿고 싶어. 그러니 헤어지는 일은 없을 거라고 생각하고, 그렇게 믿을 거야. 그러니까 괜찮아."

"응."

모에가 웃으며 히나타의 손을 잡고 진지한 눈빛으로 마음을 전했다. 그리고 다시 드러누워 스트로베리 문을 올려다보았다. 히나타도 조금 안심하여 모에를 따라 누워 다시 달을 쳐다보았다.

"있잖아, 히나타…… 스트로베리 문의 전설은 정말 근사하지 않아?"

"맞아."

히나타도 진심으로 그렇게 생각했다.

"좋아하는 사람과 같이 보면 영원히 맺어진다니. 서로 사랑하여 애타는 마음이 빨간색으로 나타난 걸까? 아니면 딸기 달이라는 이름이니까 달에서 토끼가 딸기 축제라도 여는 걸까?"

히나타는 무심코 웃음을 터뜨렸다.

"토끼가 딸기 축제를 연다니 모에는 정말 순수하구나."

솔직히 아까 발언으로 심장이 아직도 쿵쾅거리고 있지만, 모에의 순수한 표현에 히나타는 진심으로 안도하였다.

"그런가? 그게 판타지 같아서 더 재미있지 않아? 토끼가 당근이 아니라 딸기를 먹는 거야."

묘하게 강한 어조로 말한다.

"그야 귀엽겠지만……."

히나타는 조금 당황하면서도 다정하게 모에의 상상에 맞장구를 쳤다.

"아무튼 오늘 달이 진짜 예쁘다. 달을 이렇게 누워서 여유롭게 보는 일이 앞으로 인생에 몇 번이나 있을까?"

히나타가 중얼거렸다.

"하긴 그러네."

모에도 동의했다.

사죄

옆에 있는 모에게 순간 힘이 들어간 듯 보였다.

"있잖아. 스트로베리 문을 같이 본 두 사람은 실은 전생에도 내세에도 스트로베리 문을 같이 볼 것 같아."

"…………."

"그러니까 나와 히나타는 분명히 전생에도 스트로베리 문을 같이 봤을 거야…… 그리고 내세에도 같이 보겠지. 히나타, 다시 태어나도 나와 같이 봐줄래?"

"물론이지! 다시 태어나도 반드시 모에와 보겠어."

무의식중에 힘이 들어가 목소리가 커지고 말았다.

"고마워."

그렇게 말하고 모에는 히나타의 손을 다시 꼭 잡았다. 두 사람은 잠시 그대로 조용히 하늘에 뜬 딸기 달을 쳐다보았다. 스트로베리 문은 두 사람을 축복하며 장래를 약속해주는 듯 언제까지고 언덕을 밝혀주었다.

모에가 미안한 목소리로 말을 꺼냈다.

"……히나타…… 미안해, 슬슬 돌아가야겠어."

단숨이 현실로 되돌아왔다. 누구보다 소중하게 여겨지는 모에가 집에서 몰래 나와 행방불명이 된 것을 부모님이 안다면 그야말로 큰일이다.

모에는 베개와 쿠션을 겹쳐 이불로 덮은 다음, 인간 형태를 만들어 자고 있는 듯 꾸며두고 나왔다. 유치할지도 모르지만, 할 수 있는 만큼 최선을 다해 위장 공작에 임했다. 이곳에 오기까지 30분 이상 걸렸으므로 언덕에 있을 수 있는 시간은 실질적으로는 10분 정도밖에 없을 터였다.

"맞아. 어서 돌아가자!"

그 말에 아쉬움이 깃들어 있었다. 즐거운 시간은 30분도 3분처럼 느껴진다. 히나타는 아인슈타인의 상대성이론이 진짜인 것을 통감했다.

"미안해, 우리 부모님이 엄해서…… 특히 엄마가 걱정이 많거든."

모에가 미안한 얼굴로 말을 이었다.

"아니야, 괜찮아. 모에처럼 귀여운 딸이라면 내가 부모라도 걱정이니 마찬가지로, 아니, 그 이상으로 과보호할걸."

"후후, 히나타는 너무 다정해서 우리 부모님보다 더 심할

거 같아."

그제야 평소와 같은 모에의 명랑한 톤으로 돌아왔다.

히나타는 조심스럽게 일어났다. 이어서 모에의 손을 잡고 일으켰다. 모에는 일어나자마자 바로 시트를 접기 시작했다. 깔끔하게 접은 시트를 히나타에게 건넨다.

"자! 히나타, 덕분에 잘 썼어. 모에와 히나타 전용 시트라고 써 두어야 해."

이 말을 하는 타이밍에 달빛이 절묘하게 그녀의 웃는 얼굴을 비추었다. 스트로베리 문에 비친 모에의 따스한 미소가 히나타를 향하였다.

그 신비로운 아름다움에 다시 가슴이 두근거렸다.

두 사람은 내리막길에서 두 다리를 들고 갈 때처럼 소란을 피우며 속도를 올렸다. 그저 자전거를 타고 있을 뿐인데 마음 깊은 곳에서 즐거움이 솟구쳤다. 밤에 모에와 만난 것이 처음이기 때문인 것도 있다. 아니, 그보다 부모에게 비밀로 하고 집에서 몰래 나왔다는 배덕감이 기분을 고양했을지도 모른다.

둘만의 비밀이 생겼다. 스트로베리 문을 좋아하는 사람과 같이 보면 영원히 맺어진다. 그것을 실현했다는 행복에 히나타는 솔직히 들떠 있었다.

집 앞에 도착했다. 그제야 사태의 심각성을 깨달았다. 모에의 부모님이 집 앞에서 기다리고 있었다. 아버지가 무서운 얼굴로 우뚝 서 있었다. 어머니도 몹시 불안한 표정이다.

창백하게 질린 히나타의 앞으로 모에가 히나타를 지키려는 듯 뛰쳐나왔다.

"아니야, 아빠, 엄마! 히나타는 잘못이 없어. 내가 스트로베리 문을 보고 싶다고 부탁해서 그래. 그러니까……."

아버지의 표정은 굳은 채였다. 모에의 어깨를 붙잡고 소중한 것을 놓는 듯 자신의 옆으로 이끌었다. 어머니가 모에의 어깨에 스톨을 둘러주고 감싸는 것처럼 모에를 끌어안았다.

"이름이 어떻게 되지?"

분노의 방향이 히나타에게로 쏠렸다. 히나타는 몸이 굳도록 긴장하면서 딱딱한 표정으로 대답했다.

"사, 사토 히나타입니다."

목소리가 떨렸다. 똑바로 쳐다볼 수가 없다. 눈을 내리깔고 간신히 대답했다.

"지금 몇 신 줄 아나?"

히나타는 황급히 주머니에서 스마트폰을 꺼냈다. 화면에 표시된 시간을 확인했다.

"여, 열 시 반입니다……."

"이런 시간에 여자애와 돌아다녀도 된다고 생각하나?"

아버지의 목소리가 커졌다.

"아빠, 그게 아니라……."

필사적으로 히나타를 감싸려는 모에. 딸이 소중한 듯 어머니는 양어깨에 손을 올리고 히나타로부터 멀어지게 했다.

"모에는 몸이 약해. 이제 다시는 걱정시키지 말아줘. 사토 군, 오늘은 미안하지만 돌아가."

이어서,

"사토 군, 미안하지만 두 번 다시 얼굴을 보이지 말아주게!"

강한 어조로 아버지가 분노를 억누르며 말했다. 딸을 사랑하는 아버지라면 당연할지도 모른다. 어머니에게서도 모에를 소중하게 여기는 것이 절실하게 전해졌다. 그러나 열다섯 살인 히나타는 모르는 어른에게 심각하게 혼나는 경험이 처음이었기에 충격이 매우 컸다. 기분이 급격하게 가라앉았다.

"미안해, 히나타. 아빠, 엄마, 이제 됐죠?"

모에가 몸으로 막으며 히나타를 감쌌다.

히나타는 머리가 땅에 닿도록 허리를 숙이고 크게 사과했다.

"죄송합니다. 오늘은 이만 가보겠습니다!"

큰 소리로 외치고 고개를 살짝 들었다. 모에와 짧게 눈이 마주쳤다. 모에는 울고 있었다. 그 자리를 떠났다. 자전거를 타고 맹렬한 속도로 언덕길을 내려갔다.

"히나타! 미안해! 나중에 연락할게."

잊을 수 없는 마음

모에의 떨리는 목소리가 자전거를 탄 히나타의 등 뒤로 들렸으나, 돌아볼 여유가 전혀 없었다.

집에 돌아가자 모에가 보낸 메시지가 잔뜩 쌓여 있었다. 내용은 온통 사과하는 것뿐이었다. 사과할 필요는 전혀 없다. 모에와 함께 보낸 시간이 너무 즐거워서 솔직히 돌아갈 생각을 못 했다. 자신이 상식적으로 생각했다면 모에를 불러내지 않았을 것이다. 한 시간이라면 괜찮을 거라고 말하지 않았다면, 모에도 부모님에게 혼나는 일은 없었을 것이다.

미안해. 나 때문에 모에까지 혼나서⋯⋯

바로 모에로부터 메시지가 왔다.

아빠와 엄마 때문에 미안해. 히나타는 전혀 잘못한 게 없는데 정말 미안

아니야, 내가 더 치밀하게 계획을 세웠다면⋯⋯ 근처에서 잠깐 보는 정도로만 했다면⋯⋯

잠시 그런 대화가 이어진 끝에 '모에가 전화해도 돼?' 하는 메시지를 보냈다. 그 직후 전화가 걸려 왔다.

"히나타, 정말 미안해."

"괜찮아. 이제 그 이야기는 그만하자."

"응⋯⋯ 있잖아. 나, 오늘 일을 절대 잊지 않을 거야."

"모에, 무슨 일 있어? 오늘은 자꾸 그 얘기만 하네."

"아니, 정말 기뻐서 그것만은 확실히 전하고 싶어서."

"모에, 욕조에 물 받아놨어."

모에를 부르는 소리가 들렸다.

"미안해, 엄마가 불러서 이만 가볼게."

"응."

"그럼 히나타, 잘 자."

"응, 모에도 잘 자."

그제야 긴장의 끈이 풀렸다. 히나타는 아침까지 자신의
침대에서 그대로 잠들어 버렸다.

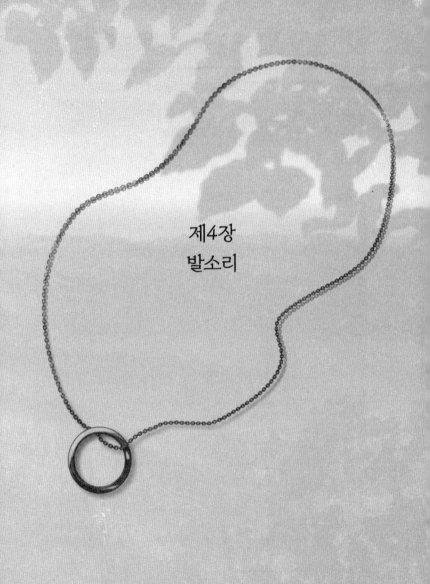

제4장
발소리

불안

다음 날부터 모에는 학교를 쉬었다. 걱정하여 메시지를 보냈다.

미안, 괜찮으니 걱정 마. 또 연락할게

내가 메시지를 몇 번이나 보내도 두 번, 답장으로 저 말만 돌아왔다. 사흘이 지나도록 아무 연락이 없어서 나는 한계에 달했다. 아무 단서도 없으면서 가만히 있을 수만은 없기에 무작정 교무실로 향했다. 교무실에 들어가 곁눈질도 없이 곧장 담임에게 다가갔다.

담임인 야마시타 선생님의 자리까지 찾아가 다급한 마음에 평소보다 큰 소리로 물었다.

"선생님, 사쿠라이는 왜 학교를 계속 쉬는 거죠?"

흥분한 어조로 따지는 나의 태도가 이해되지 않은 듯했다. 담임은 인상을 찡그리고 의아한 얼굴로 나를 바라보았다. 뜻밖의 인물이 일방적으로 예의 없게 행동했으니 고개를 갸웃하는 것은 이해되지만, 이쪽은 그런 것까지 신경 쓸

때가 아니다.

"음? 왜 사토가 사쿠라이의 일을 신경 쓰지?"

의자에 앉으며 지극히 당연한 질문을 해왔다. 야마시타 선생님이 의심쩍은 시선으로 아래부터 위를 훑어보았다.

"가, 같은 반 친구니까요."

힘차게 쳐들어온 것 치고는 담임이 납득할 만한 대답을 할 수 없었다.

"같은 반 친구니까? ……음, 그래서는 알려줄 수 없겠는데."

부정적인 말이 나올 것을 짐작하고 중간에 말을 끊었다.

"빨리 알려달라고!"

인내심의 한계였다. 불안의 한계였다. 선생님에게 이런 말을 쓰다니 스스로 깜짝 놀랐다. 교무실에 자신의 목소리가 울렸다.

다른 학년 선생님들도, 진로 상담을 하러 온 여학생들도 큰 소리에 순간 이쪽으로 시선을 옮겼다. 그러나 곧 평소의 어수선한 교무실 풍경으로 되돌아갔다. 그러면서도 교무실에 있는 모든 사람이 수습되지 않은 이쪽 상황을 은근히 신경 쓰는 것이 느껴졌다.

담임이 복잡한 표정으로 깊게 한숨을 내쉬었다.

"잘 들어라. 교사에게는 비밀을 지켜야 할 의무란 게 있어. 입원한 곳은 알려줄 수 없다!"

조금 강한 어조로 거부당했다. 평소 그리 눈에 띄지 않던 나는 강하게 거절당한 것에 감정을 드러내며 신경질적으로 대들었다.

"입원했다고요? ……모에가? 어느 병원에 입원했는지 알려주세요!"

입원이라는 말에 머릿속이 새하얘지며 혼란스러웠다.

"아니, 저기…… 아무튼 말할 수 없어. 이제 교실로 돌아가!"

"그럼 됐어요!"

담임의 책상을 두 손으로 크게 쾅 내리치고, 몸을 돌려 빠르게 교무실을 뒤로 했다. 차갑게 노려보는 시선이 나의 등에 꽂히는 것이 잘 느껴졌다. 하지만 모에의 상황을 모른 채 사흘이나 지났기에 스스로도 제어할 수 없어 불안이 폭발했다.

남자 어른에게, 그것도 학교 선생님에게 이런 반항적인 태도를 보이다니 자신도 믿을 수 없었다. 물론 속으로 담임에게 사과했다.

교무실에서 뛰쳐나온 것까지는 좋았으나, 모에를 찾을 단서를 잃었다. 선생님이라는 모에와의 유일한 연결고리가 없어지고 말았다. 자업자득이다. 모에에게 전화를 걸었으나 신호만 갈 뿐 받지 않는다.

친구인 지카와 미나도 연락이 되지 않아 나처럼 걱정하고 있었다. 사흘이나 지나니 나는 이렇게도 냉정함을 잃었다. 앞으로 어떻게 하면 좋을지 모르겠다.

후양이 교무실 밖에서 기다리고 있었다. 근처에서 선생님과의 대화를 들은 모양이다. 그리고 평소처럼 나에게 부드럽게 말을 걸었다.

"히나타, 시내에 있는 병원을 하나하나 같이 돌아다닐래?"

"뭐?"

놀라서 후양의 얼굴을 보았다. 농담으로 말하는 표정이 아니라는 것을 바로 알 수 있었다. 고마울 따름이다.

"그 정도 각오는 되어 있겠지?"

"당연하지!"

힘차게 고개를 끄덕였다.

"그렇게 정해졌으면 바로 출발하자."

"어?"

놀라는 나를 개의치 않고 강하게 등을 두드린다. 등의 아픔은 친구의 고마움을 말해주는 아픔이었다.

"가와겐은 이미 자전거를 타고 우리를 기다리고 있어."

"하지만 이제 2교시가 끝난 참이잖아. 무단으로 조퇴하면 가와겐과 후양까지 혼날 거야."

본래 소심한 나는 친구를 끌어들여 조퇴하는 것이 마음에 걸려 괴로울 지경이었다.

"우린 친구잖아? 초등학교 때부터 칭찬받을 때도, 혼날 때도 같이 있었으면서. 너의 걱정은 우리의 걱정이기도 해. 가와겐하고 그런 얘기를 했거든! 네가 기운이 없으면 우리도 기운이 없어지니까. 모든 병원을 찾아보자!"

그렇게 말하며 나의 머리를 마구 쓰다듬는 후쿠야마 린타로. 수업을 빠져 혼날 것을 각오하고 밖에서 나와 후양을 기다리는 가와겐에게도 진심으로 감사했다.

"하지만 그래도 못 찾는다면……."

내가 불안한 얼굴로 말했다.

"그럼 다른 시까지 찾으면 돼! 어차피 너도 그렇게 생각하고 있을 거 아냐?"

후양이 크게 대답했다.

"맞아. 고마워."

탐색

후양은 나의 어깨를 감싸고 기운을 내라며 격려해주었다. 힘찬 발걸음으로 자전거 보관소를 향해 나를 데려가는 후양. 평소에는 냉철한 후양이 활기차게 행동하는 까닭은 나의 불안한 마음을 조금이라도 완화시키기 위한 그 나름의 배려일 것이다.

때로는 강제적이고 제멋대로 굴 때도 있지만, 어디서든 눈에 띄는 타입인 가와겐. 평소에는 표정을 드러내지 않지만, 속내는 다정한 후양. 나는 이 두 사람과 친해진 것이 정말 기쁘고 든든하다고 생각되었다.

자전거 보관소에 도착하자 가와겐이 말을 걸었다.

"아까 겸 우메모토가 지나갔으니 조심해! 단숨에 가자."

"어, 응, 알겠어. 가와겐, 정말 고마워."

머리를 숙여 마음을 표했다.

"다음에는 도넛 세 개 사! 아무튼 걱정하지 마. 기운 내고 가자, 히나타!"

그러면서 나의 어깨를 한 번 툭 때린다. 가방을 등에 메고 급경사를 향해 자전거 페달을 힘껏 밟았다. 후양은 자전거 앞 바구니에 가방을 대충 넣고, 셋이서 교문을 맹렬한 속도로 곧장 통과했다.

우메모토의 탁한 목소리가 뒤에서 울렸다.

"어이, 너희들 어디 가는 거냐!"

"돌아보지 마! 돌아보지 않으면 누군지 몰라."

바로 페달을 밟아 가속했다. 셋이서 국도를 따라 자전거를 타고 열심히 달렸다. 무턱대고 계속 달리고, 달리고, 달려댔다. 잠시 뒤 왼쪽으로 공원이 보였다. 자전거를 탄 채 공원 안쪽으로 들어갔다.

세 사람은 공원 안에서 잠시 휴식을 취했다. 어깨를 들썩이며 크게 심호흡을 반복했다.

"야, 그래서 어디부터 갈래?"

가와겐이 땀을 닦으며 입을 열었다.

"산타마리아 병원도 있고, 국립 기념병원도 있고, 바이린 대학병원도. 그리고 우나바라 병원하고 에이카와 병원. 큰 병원은 이 정도지?"

나는 시내에 있는 병원 다섯 개를 열거했다.

"그럼 산타마리아는 나. 국립 기념병원은 후양. 바이린 대학병원은 히나타가 가는 걸로 하자!"

가와겐이 가장 먼 곳을 자신에게, 그리고 다음으로 먼 병원은 후양을 지명했다. 나에게는 일부러 가까운 곳을 맡겨 주었다. 호쾌하게 보이지만, 이렇게 섬세한 배려도 할 줄 아는 사람이 바로 가와무라 겐이치다.

세 사람은 각각 병원을 목표로 삼았다. 무언가 정보를 얻거나 모에를 찾으면 연락하기로 했다.

나는 일단 바이린 대학병원으로 향했다. 여기서 자전거를 타고 15분쯤 간 곳에 있다. 국도를 면하고 하얀 요새처럼 존재감을 뽐내는 병원이다. 부지 내에 백 대 이상의 주차 공간이 평지에 마련되어 있고, 5백 개 이상의 병상이 있는 대형 병원이다.

무슨 과에 입원했는지도 모르므로, 입원 병동의 1층부터 병실 밖에 붙은 이름표를 하나하나 꼼꼼히 확인했다. 교복을 입은 고등학생이 오전 시간에 병실에 있으니 위화

감이 들었던 모양이다. 지나치는 간호사들 모두가 나를 보고 의아한 표정을 지었다. 의심을 받지 않도록 일단 셔츠를 벗고 티셔츠 차림이 된 다음, 셔츠는 상표가 붙어 있지 않은 가방에 밀어 넣었다.

내과, 외과, 뇌신경외과. 그중에서도 여러 가지로 나뉜다. 내과라면 소화기내과, 순환기내과 등. 외과라면 심장혈관외과, 유선외과, 갑상선외과 등. 뇌신경외과도 외과와 신경과로 나뉘었다.

필사적인 심정으로 이름표를 하나하나 철저하게 확인했다. 5층의 뇌신경외과병동에서 사쿠라이라는 성을 발견하고 순간 기뻐했다. 그러나 이름은 전혀 달랐다. 절망하여 한숨을 내뱉고, 어깨를 늘어뜨렸다. 같은 작업을 층마다 반복했다. 아쉽게도 바이린 대학병원에 모에는 입원하지 않았다. 1층까지 엘리베이터를 타고 내려가며 가와겐과 후양에게 메시지를 보냈다.

둘 다 곧바로 메시지를 읽었다. 가와겐은 지금 산타마리아 병원에 도착한 모양이다. 후양은 국립 기념병원의 입원실을 모두 조사하였다고 한다.

나는 두 사람에게 감사했다. 바이린 대학병원의 출입구

로 나간 뒤, 다시 자전거를 타고 에이카와 병원으로 서둘러 향했다. 바이린 대학병원에서 에이카와 병원까지 자전거로 30분 가까이 걸렸다. 6월이라고 해도 기온이 25도가 넘는다. 땀이 이마부터 온몸을 따라 줄줄 흘렀다. 그 땀을 오른손으로 닦고, 자전거를 자전거 보관소에 내버리듯이 세웠다. 아래로 비스듬히 우뚝 선 건물 앞으로 달려갔다.

버스 로터리가 있는 흰색과 갈색의 두 가지 색인 대형 병원. 아까 간 바이린보다 다소 작지만, 그래도 병상 수가 3백 개쯤 되는 큰 병원이다. 마찬가지로 30분쯤 각 층을 찾아다녔으나 전혀 찾을 수 없었다. 가와겐과 후양으로부터도 좋은 소식이 없다. '이쪽으로 합류할게'라는 메시지가 찾는 도중 도착했다.

어떻게 해야 할지 모르겠다. 잠시 망연자실하여 대기용 의자에 몸을 대충 기대어 앉았다. 그때 좋은 생각이 떠올랐다.

돌파구

바로 그 아이디어를 실행으로 옮겼다. 그것은 친척인 척하는 것이었다. 밑져야 본전이므로 복도를 걸어가던 여성 간호사에게 의심받지 않도록 물어보았다.

"저기, 죄송합니다. 사쿠라이 모에의 친척입니다만, 이쪽 병원에 입원했다고 듣고 왔는데요……."

"언제 입원하셨는데요?"

"그게, 어젠가 그저께였던 것 같은데요."

간호사가 잠시 파일을 보며 입원환자 목록에서 이름을 찾았다. 좀처럼 발견되지 않는다. 간호사가 복도를 지나가던 다른 젊은 간호사에게 확인했다.

"시미즈 씨, 요전에 구급으로 실려 온 여자애가 있었지?"

"사쿠라이 씨 말인가요?"

질문을 받은 간호사가 다가왔다. 해냈다, 빙고다.

"아아. 다른 병원으로 갔어요."

"그게…… 세이신 대학병원으로 간 거 맞지?"

"아, 네. 야간에 발작을 일으켜 실려 왔었는데, 그저께 아침 진료받던 심장외과 전문 선생님이 계시는 세이신 대학병원으로 옮겨갔습니다."

야간 발작, 심장외과, 다른 병원으로 이동…….

전혀 상상하지 못한 단어가 돌아왔다. 나는 동요를 억누르지 못하고 정신이 아득해졌다. 자신의 의사와는 반대로 그 자리에 힘없이 주저앉고 말았다.

"괜찮아요, 학생? 어머나, 괜찮아요?"

머릿속이 새하얘져 간호사의 목소리가 멀리서 들렸다. 귀에 아무 말도 들어오지 않았다. 누군가가 양어깨에 손을 올리고 몸을 크게 흔드는 것 같다. 상상도 못 한 심장전문의와 병원 이동이라는 말을 들은 순간, 정신을 파괴당한 기분이 들었다.

나는 너무나 큰 충격에 그 자리에서 정신을 잃었던 모양이다. 눈을 뜨자 병원의 침대 위였다. 처음 본 광경은 무기질적인 형광등이었다. 가슴까지 덮인 담요를 아무렇게나 치웠다. 모에가 머릿속에 떠올라 그 자리에서 벌떡 일어났다.

병실 문 너머로 복도를 가로질러 가던 간호사가 눈에 들어왔다. 그녀도 눈을 뜬 나를 발견하고 다가와 말을 걸었다.

"괜찮니? 좀 더 쉬어도 돼."

"아니요, 괜찮습니다. 혹시 저⋯⋯."

"그대로 주저앉아 정신을 잃은 것 같아."

"아⋯⋯ 그렇습니까⋯⋯ 죄송합니다. 폐를 끼쳤습니다."

"여긴 병원이니까 다행이야, 일찍 정신이 들어서. 연락처가 없어서 어디로도 전화를 못 했는데 괜찮을까?"

"앗, 네. 이제 괜찮아요⋯⋯ 고맙습니다."

침대에서 내려와 신발을 신었다. 조금 휘청거릴 뻔했다. 간호사에게 감사 인사를 했다. 걱정스럽게 지켜보는 간호사에게 미안함을 느끼며 병실에서 나왔다. 주머니에서 스마트폰을 꺼내자 부재중 전화와 메시지가 폭풍처럼 몰려와 있었다.

아무래도 한 시간쯤 정신을 잃고 쓰러졌던 모양이다. 냉정하게 생각하면 그럴 만하다. 모에가 학교를 쉬고 나서 걱정되어 요 며칠 한숨도 자지 못했기 때문이다.

'모에를 만나러 가야 해!'

나는 머리부터 발끝까지 온통 그 생각에 지배되었다. 세이신 대학병원은 이웃 시에 있으므로 자전거를 타고 가면 편도로 한 시간쯤 걸린다. 이만큼 커다란 병원에서 일부러 다른 시에 있는 대학병원으로 이동하지 않으면 안 될 정도로 중병이란 말인가?

자전거 보관소로 향하여 쓰러져 있는 자전거를 급하게 세우고 올라탔다.

스마트폰을 꺼내 가와겐과 후양에게 메시지를 보냈다.

모에는 이웃 시의 세이신 대학병원에 입원한 것 같아. 너무 머니까 나 혼자 갈게. 둘 다 고마워

바로 답장이 왔다.

우리도 갈게

이 시점에 이미 점심을 지나 시계는 오후 한 시를 가리키고 있었다. 여기서 자전거를 타고 달려도 한 시간, 왕복 두 시간이 걸린다. 두 사람을 거기까지 고생하게 할 수는 없다.

괜찮아. 일단 상황을 확인하고 나서 밤에 다시 연락할게. 정말 고마워

알겠어. 너무 무리하진 마

두 사람에게 메시지가 돌아왔다. 나는 필사적으로 자전거를 타고 달렸다. 바람이 강한 탓인가 눈에서 눈물이 흘러 멈추지 않았다. 시야가 흐릿해졌다. 달리기가 힘들어 손

으로 눈을 몇 번이나 문질렀다. 흐르는 눈물을 아무리 닦고, 닦아도 멈추지 않았다.

중간에 자동판매기에서 우롱차를 사서 단숨에 모두 마셨다. 감정을 억누르지 못해 폭력적으로 자판기 옆을 힘껏 때렸다. 큰 소리와 함께 주먹이 빨개졌다.

화풀이를 해도 소용없다는 것은 안다. 가슴이 답답하다. 정신이 이상해질 정도로 가슴이 짓눌린 것 같다. 어떻게 하면 좋을지 몰라 스스로를 제어할 수 없다.

그래도 나는 모에게 향했다. 그것밖에 남은 방법이 없다. 다시 자전거를 타고 페달을 밟아 온 힘을 다해 달렸다.

세이신 대학병원에 도착한 것은 약 오후 두 시 반이었다. 과연 병상 수가 1500이 넘는 대학병원이다. 우리 시에 있는 대학병원의 크기를 훨씬 능가하는 우주 기지 같은 하얀 콘크리트 건물이 우뚝 서 있었다.

모에의 곁으로

국도에서 조금 들어간 전용 버스 터미널을 지나자, 병원

출입구가 보였다. 평일 오후인데도 사람의 왕래가 잦았는데, 직원들과 내원한 환자와 그 가족으로 보인다. 지나가는 사람들에게 시선을 옮기며 빠르게 1층으로 들어갔다. 곧장 벽에 붙은 층별 안내도를 찾았다. 청결한 느낌의 흰색으로 통일된 콘크리트의 무기질적인 병동이 나를 기다리고 있었다. 조명등의 수가 다른 병원보다 많은 것 같다. 내부가 꽤 밝게 느껴진다.

먼저 4층의 집중치료실로 서둘러 향했다. 엘리베이터를 타고 4층 버튼을 눌렀다. 4층에 도착하자 이 자리에 어울리지 않은 고등학생인 나를 발견한 간호사가 말을 걸어왔다.

"실례합니다, 여긴 집중치료실이 있는 층이라 4시부터 들어올 수 없는데 어느 분을 문병 오셨나요?"

나는 대답 대신 간호사에게 질문했다.

"발작으로 실려 온 사쿠라이 모에의 가족입니다. 이쪽에 사쿠라이 모에가 있나요?"

"어디 보자…… 아, 있네요, 고등학생인 사쿠라이 씨 맞죠? 사쿠라이 씨라면 지금은 본관 14층으로 옮겨졌어요."

"감사합니다."

허리를 깊숙이 숙여 인사한 뒤, 그 자리를 떠났다.

다시 엘리베이터를 타고 14층을 눌렀다. 문이 열리자, 나는 좌우를 두리번두리번 둘러보았다. 층 담당자인 간호사를 발견했다.

"저기요, 사쿠라이 모에 씨는 몇 호실에 있나요?"

"실례지만……."

"가족입니다."

"그게…… 사쿠라이 씨는…… 1405호실이네요."

"감사합니다."

병실 앞으로 빠르게 걸어갔다. 갈색의 미닫이문이 달린 병실 앞에서 발을 멈췄다. 사쿠라이 모에의 이름표가 붙어 있다. 모에에게 이제야 도달할 수 있었다.

사흘간 만나지 못한 불안이 나를 단숨에 덮쳤다. 천천히 침을 삼켰다. 문을 노크했다. 어떤 상태를 보더라도 모에 앞에서는 반드시 태연해야 한다. 동요한 모습 따위는 절대 보이지 않기로 결심했다.

"아, 네."

어머니인 듯한 여성의 목소리가 들리고 문이 열렸다.

"어머? 사토 군, 어떻게 여기를?"

모에의 어머니가 땀을 줄줄 흘리고 있는 나를 보고 깜짝 놀랐다.

"모, 모에는? 괜찮나요?"

"잠깐 기다려줘. 잠시 밖에서 얘기하자."

어머니가 병실 밖으로 나왔다.

"얘…… 여길 어떻게 알고 왔니?"

"친구의 도움을 받아 시내에 있는 병원을 하나씩 찾아다니면서 모에가 입원했는지 알아보았습니다. 그러다 간신히 여기에 도착한 거고요."

"시내에 있는 병원을 하나씩 전부?"

"네……."

깊은 한숨을 내쉰 어머니의 표정은 괜한 무언가를 버린 듯 온화함으로 바뀌었다. 나를 유도하듯이 문을 열고,

"모에, 사토 군이 문병을 와주었구나."

침대 쪽으로 말을 걸었다.

"뭐? 히나타가? 엄마, 미안해…… 잠깐 자리를 비워줄래?"

"어, 그래. 그럼 엄마는 음료수라도 사 올게."

"미안해. 고마워."

"사토 군, 이리 들어오렴. 나는 잠시 나갔다 올게."

모에처럼 부드럽게 웃는 얼굴로 나에게 말했다. 무뚝뚝하다고 느꼈던 인상이 바로 깨졌다. 어머니는 지갑을 들고 병실에서 나가며, 나를 안으로 들여보내 주었다. 나는 어머니와 천천히 교대하듯이 병실로 들어갔다.

그곳에는 파자마를 입은 모에가 링거와 산소마스크를 달고 힘없이 누워 있었다.

"모…… 에……."

동요하지 않겠다고 결심했으나, 자신의 생각보다 더 심각한 모에의 상태에 솔직히 충격을 받았다. 그래도 필사적으로 표정에는 드러나지 않도록 하며 가까이 다가갔다. 애써 억지웃음을 지어 얼버무리며 말을 걸었다. 모에도 부드러운 표정으로 나에게 미소 지었다.

"미안해, 히나타…… 나……."

"모에…… 괜찮아?"

사과하는 말을 가로막았다. 말을 걸며 손을 잡았다. 모에가 몸을 일으키려고 했다.

"그냥 누워 있어도 돼."

나는 일어나려는 모에의 어깨를 두 손으로 살며시 감쌌

다. 그대로 누워 있기를 권유했다.

숨을 내쉴 때마다 하얀 숨결이 산소마스크를 물방울처럼 뿌옇게 만들었다 사라졌다.

"히나타, 나⋯⋯."

모에의 맑고 예쁜 두 눈에서 눈물이 흘러 볼을 타고 떨어졌다. 마스크를 조금 오른쪽으로 밀어낸다. 그곳에는 항상 학교에서 활기차고 천진난만하던 모에의 모습이 보이지 않았다. 여기 오기 전에 다소 각오는 했었다. 다만 실제로 눈앞에 있는 평소와 정반대로 약해진 모습의 모에를 보고, 자신이 반드시 그녀를 지탱하지 않으면 안 된다고 홀로 맹세했다.

"모에, 아픈 거 몰라서 미안해, 난⋯⋯."

나의 눈에서 눈물이 뚝뚝 떨어졌다. 시야가 점점 흐려지며 무엇을 말해야 좋을지 모르겠다.

"히나타⋯⋯ 내가 병에 대해 확실히 전하지 않아서 미안해. 내가 아픈 걸 말해서 진실을 알게 되면 히나타가 날 싫어할지도 몰라서 무서웠어."

고개를 크게 가로저었다.

"어째서? 어떤 일이 있더라도 모에에 대한 내 마음은 변하지 않아."

우리는 그 뒤로 잠시 말을 잇지 못했다. 그저 울면서 서로의 손을 강하게 잡은 시간만 이어졌다. 나의 마음을 모에가 느끼고 있듯이 나에 대한 모에의 강렬한 마음도 밖에서 손을 잡았을 때와 달리 따뜻한 손을 통해 확실히 느낄 수 있었다.

너무나 괴롭고 애절하다. 그 생각이 마음뿐만 아니라 머릿속에서 몸 전체를 지배했다. 잠시 뒤, 모에가 입을 열었다.

"있잖아, 나, 심장병이라고 해. 하지만 안정을 취하면 괜찮을 거라고 의사 선생님이 말했어."

"지금은 푹 쉬면서 몸이 좋아지는 것에만 전념해!"

"고마워."

모에의 어머니

모에는 조금 숨이 막히는 듯하였으나, 천천히 병에 대해 말했다. 나는 손을 잡고 모에의 맑은 눈을 응시했다.

"당분간 입원할 것 같아서 미안해."

미안하다는 마음과 병 따위에 지지 않겠다는 강한 의지를 담은 눈으로 나에게 호소했다. 병에 대한 불안은 나보다 모에가 몇백 배, 몇천 배는 강할 것이 분명하다. 따라서 나는 모에에게 진심을 다해 말했다.

"나는 앞으로 쭉 모에의 곁에 있을 테니까……."

내가 그렇게 전한 순간, 모에의 어머니가 병실 밖에서 안으로 들어올 타이밍을 살피는 것이 보였다.

"여기. 이거 마시렴."

모에의 어머니는 간병하느라 조금 지친 듯 보였으나, 나에게 친절했다.

"사토 군, 요전에는 미안했어. 아빠도, 나도……."

부모라면 몸이 약한 딸을 걱정하는 것이 당연하다. 실제로 그 탓에 모에는 지금 입원하였으니까.

"아니요, 괜찮습니다. 제가 데리고 나가지 않았다면, 이런 일은 일어나지 않았겠죠?"

눈물을 닦으며 어머니에게 지난밤의 일을 사과했다.

"아니야. 사토 군하고 외출한 것과 입원은 상관없어. 죄책감은 느끼지 않아도 된단다."

"정말 죄송합니다."

내가 머리를 숙이려고 했다. 그것을 막으려 어머니가 손을 뻗었다.

"그날 일을 모에에게 들었어. 모에가 보고 싶어 하던 스트로베리 문을 우리는 보여주지 못했어. 그걸 사토 군이 실현해 줬다고. 모에가 진심으로 기뻐하는 걸 보고 나의 잘못을 깨달았단다."

"아니요, 저는 그저 모에가 기뻐하는 얼굴을 보고 싶었을 뿐이에요."

"고맙구나. 내가 너무 걱정하는 바람에 딸을 심하게 얽매느라 얼마나 모에에게 부담이 되었는지 네 덕분에 깨달았어. 딸이 진정으로 기뻐하는 모습이 나의 행복이었는데. 그래서 너에겐 고마울 따름이야."

"엄마······."

모에는 침대 위에서 어머니의 말에 목이 메었다.

"모에, 슬슬 약효가 나타날 테니 잠깐 자두렴. 엄마는 사토 군하고 얘기하고 올 테니까."

"응."

모에는 약 기운이 돌기 시작했는지 순순히 고개를 끄덕

였다.

"사토 군, 잠깐 이야기 좀 할 수 있을까…… 모에, 그럼 사토 군하고 나갔다 올게."

모에의 어머니는 병실에서 병의 상태를 말하기 힘든 듯했다. 그것을 눈치챈 나는,

"앗, 네."

라고 대답했다.

"모에, 어머니와 얘기하고 올게."

"응."

모에는 본격적으로 약효가 나타난 모양이다. 우느라 지친 탓도 있는지 안심한 듯 천천히 눈을 감았다.

복도를 똑바로 나아가자 휴게실이 있었다. 의자와 테이블이 몇 개 놓여 있어서 다른 환자와 가족이 담소를 나누고 있다. 의자를 당겨 모에의 어머니와 마주 앉았다.

"사토 군, 이런 먼 곳까지 문병을 와줘서 정말 고마워."

"아니요, 그보다 모에의 몸은 괜찮나요?"

모에의 어머니는 순간 괴로운 표정을 지었다. 그러나 곧 마음을 다잡은 듯한 얼굴로 바뀌었다.

"사실은 의사 선생님이 안정을 취하지 않으면 안 된다고

하셨거든. 중학교 때도 잠시 입원했고……."

"……."

꿀꺽 침을 삼키는 소리가 히나타 자신의 고막에 울렸다.

"자택 요양으로 안정을 취하게 되었지만, 어떻게 해서든 고등학교에 가고 싶었는지 말을 듣지 않았거든. 모에가 부모에게 반항이라고나 할까, 그런 행동을 하는 건 처음이라 놀랐지만……."

애써 웃음을 짓는다.

"모에는 학교에 가는 것 자체가 원래는 불가능할 정도로 병이 심하다는 말인가요?"

깊은 한숨을 쉬고, 고개를 천천히 끄덕였다.

"의사 선생님이 자택 요양을 권할 정도였으니, 무리하면 이렇게 입원할 것도 본인은 이미 납득한 상태고, 우리도 각오는 했었단다."

말이 나오지 않았다.

"그럼 왜 학교를……."

간신히 쥐어 짜낸 말에 어머니가 대답했다.

"그 애는 매일 학교에 가는 게 정말 즐거운 듯했어. 그래서 우리도 모에의 마음을 존중해줬지."

어머니의 눈에서 눈물이 흘렀다.

"하지만 제가 불러내지 않았다면 입원이 당겨지는 일도 없었던 거 아닌가요?"

"그렇지 않아. 아까도 말했지만, 그렇게 미안해하지 않아도 돼. 시기가 늦든 빠르든 이번 입원은 피할 수 없었을 테니까."

모에의 어머니가 손수건으로 두 눈을 가렸다.

"그래도……."

나는 자신을 계속 책망했다.

"자꾸 죄책감 느끼지 마렴. 모에가 고등학교에 꼭 다니고 싶다는 말을 꺼낸 건 사토 군 때문이니까."

무슨 뜻인지 모르겠다.

"제가요?"

"그래. 모에는 고등학교에 갈 수 있다는 걸 알자 굉장히 기뻐했단다."

"하지만 저와 모에는 입학식 날까지 면식이 없었을 텐데요……."

"엄마니까 그 애가 누군가를 좋아하게 된 것을 바로 눈치챘어. 너무 걱정되기는 했지만, 응원하고 싶기도 했지. 응원하고 싶은 마음과 몸이 약한 모에가 걱정되는 극단적인 갈등이 나의 마음속에 항상 있었는데……."

한 번 숨을 내쉬고 말을 잇는다.

"하지만 너와의 일을 모에가 너무 즐겁게 말하더구나. 발작을 일으켜 침대에선 그렇게 힘들어 보였는데 네 이야기를 할 때만은 정말 웃음으로 가득했어."

다정하고 부드럽게 그리고 따뜻한 말로 나에게 말했다. 모에의 다정한 성격은 본래 어머니의 다정함을 물려받은 것이다. 모에의 웃는 얼굴이 어머니를 쏙 닮았다.

결의

"저, 매일 문병을 와도 될까요?"

"뭐? 매일? 힘들지 않겠니?"

모에의 어머니가 조금 놀란 표정을 지었다.

"아니요, 괜찮습니다."

"참, 오늘 여기까지 어떻게 왔니?"

"자전거로요."

"자전거? 자전거로는 한 시간쯤 걸리지 않아?"

"괜찮아요. 저는 건강한 것만이 자랑이니 문병 오는 걸 허락해주세요!"

"매일 오는 건 힘들 테니까 올 수 있을 때만 와도 돼."

"아니요, 불편하지 않으시다면 매일 오게 해주세요!"

어머니는 조금 곤란한 표정을 지었으나, 곧 승낙했다.

"알겠어. 그럼 힘들 테니 전철이나 버스가 낫지 않겠니? 아, 돈은 걱정하지 않아도 돼, 내가 내줄 테니까. 네가 와준 다면 모에가 정말 좋아할 테니까……."

어머니가 부드러운 미소를 머금고 제안했다.

"아니요, 돈은 괜찮습니다. 전 자전거를 타고 올 거니까 요."

"정말로? 그 애가 좋아하겠는걸. 정말 고맙구나……."

의자에 앉은 채 모에의 어머니가 머리를 깊숙이 숙이고 는 다시 손수건으로 눈물을 닦았다.

"모에는 약 때문에 이대로 잠들 것 같아. 사토 군은 이제 돌아가는 게 좋을 것 같구나. 모에에게는 내일도 와줄 거라 고 전해도 될까?"

"네, 물론이죠."

"정말 무리는 하지 말고. 이 시간에 와주었다는 건 오늘 학교에 무단결석했다는 거겠지?"

"앗, 네."

"그러면 안 돼. 앞으로는 학교에 결석하고 문병 오는 건 하지 마. 사토 군의 부모님께도 죄송하니까."

그러고는 한 번 심호흡을 하고 머리를 숙였다.

"네, 알겠습니다."

"그나저나 정말 고맙구나. 사토 군에겐 그저 감사할 따름이야. 모에는 병원에서도 나에게 네 얘기만 한단다. 네 이야기를 할 때, 진심으로 행복해 보여. 그렇게 생기가 넘치는 딸을 보는 건 처음이야. 그럼 고생하게 해서 미안하지만, 내일 또 와주겠니?"

"알겠습니다. 걱정해주셔서 감사합니다."

나는 인사를 하고 그 자리를 떠났다. 자전거 보관소에서 가와겐과 후양에게 메시지를 보냈다. 그리 자세한 내용은 적지 않았다. 그리고 모에가 입원한 사실은 우리만의 비밀로 해달라고 부탁했다. 그것은 돌아갈 때 모에의 어머니가 한 말이 마음에 걸렸기 때문이다.

"사토 군, 모에는 어쩌면 이대로 입원이 길어질지도 몰라.

혹시 문병 오기가 힘들거나 부담이 된다면 바로 말해주렴. 절대 무리하지 말고."

길어질지도 모른다. 나의 불안을 조장하는 그 말이 돌아가는 길에도 나의 머릿속에서 빙글빙글 맴돌았다.

한 시간이 걸려 간신히 익숙한 경치로 돌아왔다. 시간은 저녁 여섯 시를 가리키고 있었다.

그것을 확인한 것까지는 기억나지만, 역시 피곤한 탓인가 소파에서 그대로 잠들고 말았다. 아홉 시쯤 모에에게 메시지가 와서 눈을 떴다. 멍한 시야로 스마트폰 화면을 확인했다.

오늘은 멀리까지 와줘서 고마워♡

별거 아니야

다음에 올 때는 자전거가 아니라 전철이랑 버스를 타고 왔으면 좋겠어

왜?

걱정되니까

괜찮아

왕복 두 시간은 힘들지 않아?

괜찮아. 좋은 운동이 되니까

하지만 반대였다면 걱정할 거잖아?

그건 그렇지만……

혹시 올 수 있다면 부탁이야! 대중교통으로 와줘!

응. 되도록 그렇게 할게

돈은 내가 낼 테니까

괜찮아

아니야, 힘들게 오는 거니 부탁할게

반대였다면 너도 나처럼 했을 거잖아?

그건 그렇지만

그럼 난 자전거 대신 대중교통을 이용해서 문병하러 갈게. 대신 모에도 돈은 내가 내는 걸로 받아들였으면 좋겠어

하지만 왕복하면 천 엔쯤 들잖아?

그런 대화를 나누었다. 그 결과 평일에는 대중교통을 이용해 가기로 했다. 시간은 병문안 종료 시각인 저녁 일곱 시까지다. 주말에는 자전거를 타고 간다. 다만 맑은 날 한정으로. 어두워지기 전인 여섯 시에는 병원에서 나가기로 합의했다. 돈은 끝까지 괜찮다고 거절했지만, 모에의 어머니가 양보하지 않고 전액 부담해주기로 했다.

우정

다음 날 학교에서 우메모토 선생님에게 셋이 불려 갔다. 가와겐과 후양에게 미안하다. 담임인 야마시타 선생님이 중재하여 마지막에는 무사히 끝났으나, 자잘한 부분까지 일일이 따지는 설교를 들어야 했다.

체육 교사실에서 교실로 돌아가며 말했다.

"미안해, 가와겐, 후양."

나는 두 사람을 끌어들인 것을 사과했다. 두 사람은 괜찮다는 말을 연발했다.

"그래서 사쿠라이의 상태는 어때?"

"모르겠어. 혹시 입원이 길어질지도 모른다고 모에의 어머니가……"

기운이 없는 나의 말에 두 사람의 표정도 다소 어두워졌다.

"그럼 중병이란 말이야?"

"그게 어머니는 안정을 취하면 문제없을 것처럼 말씀하셨는데 자세한 내용은 듣지 못했어."

한숨을 쉬는 나의 어깨를 가와겐이 꽉 쥐었다.

"걱정하지 마, 반드시 좋아질 거야."

가와겐이 애써 낙관적인 말과 표정으로 나를 격려하였다.

"응."

나도 웃으며 대답했다. 후양이 말을 이었다.

"그래서 오늘도 문병하러 가려고?"

"응. 매일 갈 생각이야."

"매일?"

"응."

"괜찮겠어? 거기까지 자전거를 타고 매일 왕복 두 시간은 힘들 텐데."

후양이 걱정스러운 얼굴로 나의 표정을 살폈다.

"평일에는 대중교통으로 갈 거야. 돈은 모에네 어머니가 내준다고 하셨는데 죄송하니까 자전거로 갈 수 있는 날은 자전거를 이용하려고."

"몸이 남아나겠어? 아무튼 노력하는 히나타에게 선물 하나 줄게."

후양이 자판기에서 주스 버튼을 눌렀다. 자판기에서 나온 페트병을 나에게 던진다.

"앗, 고마워."

"그럼 나도."

가와겐이 피로회복제 버튼을 두 번 눌렀다. 토출구에서 두 개를 꺼내 주스 페트병 위에 억지로 차가운 피로회복제 병을 올려주었다. 고맙지만 떨어뜨릴 것 같다.

"일단 지금 하나 마셔둬! 오늘치 스태미나를 보급해야지."

그렇게 말하며 뚜껑을 돌려 따더니 나에게 내밀었다. 후 양이 페트병 주스와 나머지 피로회복제를 들어주었다.

살짝 머리를 숙이고 나는 받은 피로회복제를 단숨에 들이켰다. 두 사람이 감탄하는 소리와 함께. 그대로 병을 재활용함에 버리고 두 사람에게 다시 한번 감사 인사를 했다. 늘 그렇듯 두 사람은,

"우린 친구잖아?"

라는 말과 함께 온화한 얼굴로 나를 도와주었다.

"정말 고마워."

또 한 번 감사하는 마음을 전했다.

나는 그 뒤로 매일같이 병원으로 문병하러 갔다. 자전거를 타고 갈 수 있을 때는 자전거를 이용하며 돈은 받지 않

았다.

대중교통을 이용해서 문병하러 갈 때는 일단 가까운 역에 자전거를 세워둔다. 교통카드를 찍어 개찰구를 통과한다. 열 단쯤 계단을 오르면 좌우로 에스컬레이터가 설치되어 있다. 병원 방향으로 가는 3번 홈에서 전철을 기다린다. 6량 편성의 보통열차를 타고 이웃 시까지 네 개 역을 지난다. 승차 시간은 약 15분. 하차하여 역에서 나와 버스 터미널로 간다. 56계통 버스는 3번 승차장에서 발차한다. 거기서 세이신 대학병원행 버스를 타고 약 15분. 전철과 버스를 기다리는 시간 등을 넣으면 합계 한 시간쯤 걸린다.

나로서는 자전거로도 한 시간, 전철과 버스로도 한 시간이라면 자전거로 가는 편이 낫다. 여름방학이 되면 매일 자전거를 타고 다니는 게 좋겠다. 하지만 여름방학 전에는 퇴원할 수 있다. 그렇게 믿었다.

전철과 버스를 타는 시간에도, 자전거를 타고 달리는 시간에도 모에만 생각했다.

무엇을 하면 모에가 기뻐할까?

따분한 입원 생활을 조금이라도 즐겁게 보내려면 어떻게 하면 좋을까?

무엇을 타든 이동하는 시간에는 여러 가지를 생각하는 데 썼다. 되도록 긍정적인 것 외에는 생각하지 않기로 결심했다.

환상적인 빛

오늘로 모에가 입원한 지 열흘이 지났다. 좀 더 오래 만나고 싶지만, 너무 무리하게 해서는 안 된다. 조금이라도 목소리를 듣고, 웃는 얼굴을 볼 수 있어서 나는 너무나 기뻤다. 좀 더 같이 있고 싶다. 좀 더 기뻐하는 얼굴을 보고 싶다.

오늘은 선물을 준비했다. 병실 문을 노크했다. "들어오세요"라는 목소리에 문으로 얼굴을 내밀자, 모에가 상반신을 일으키고 있었다. 침대에서 환한 미소를 지으며 나를 맞이했다. 오늘은 호흡기를 달고 있지 않다. 조금 컨디션이 좋아 보여서 다행이다.

"모에!"

조금 장난스러운 얼굴로 등 뒤에 선물을 숨기고 다가갔다.

"왜? 뒤에 뭔가 감추고 있지?"

감이 좋은 모에게 들키고 말았다.

"짠!"

"어? 뭐야?"

녹색의 플라스틱 곤충 채집통을 보고 의아한 표정을 짓는 모에.

"반딧불이! 겐지보타루*!"

"뭐라고?"

"전에 모에가 반딧불이가 보고 싶다고 했었지?"

"세상에, 진짜야? 빛나는 거 가까이서 본 적이 없는데 정말 기뻐!"

눈이 부실 정도로 환한 웃음.

"다행이야. 좋아하는 얼굴을 볼 수 있어서 나도 기뻐."

"그 반딧불이는 어디서 난 거야?"

"어젯밤에 메노미강 상류까지 가서 잡아 왔어."

"뭐? 그 산속까지 다녀왔다고?"

"할아버지에게 반딧불이는 어디 사냐고 물어보니까 데려가 준다면서 차를 타고 같이 잡으러 갔어. 할아버지가 겐

---

* 일본에서 발견되는 반딧불이의 하나.

지보타루는 정말 예쁘다면서 자랑스럽게 알려줬지. 그러니 오늘 밤에 아주 예쁘게 빛나면 좋겠다."

"고마워. 할아버지께도 인사 전해줘."

"응. 서른 마리쯤 돼. 밤이 되면 빛나니까 감상해 봐. 나도 방에서 빛나는 걸 봤는데 굉장했거든."

"응…… 그리고 있잖아. 부탁이 있는데 말해도 될까?"

"뭔데?"

"화내지 말아줘! 내일 반딧불이를 원래 있던 장소에 풀어줘도 될까? 여기 계속 놔두면 반딧불이가 불쌍하니까……."

"그건 괜찮은데 어떻게 가려고?"

"엄마에게 부탁해 볼게."

"그럼 죄송하니까 음, 내가 할아버지와 다시 풀어주러 갈게."

"미안해. 할아버지께도 대신 사과해 줄래?"

"괜찮아. 할아버지는 자동차 운전을 좋아하시거든. 밤이 되어 모에가 반딧불이의 빛을 직접 보고 기뻐해 주면 그걸로 나도, 할아버지도 충분하니까."

"히나타…… 왜 그렇게 착해?"

내가 보기에는 모에가 더 착하다. 반딧불이를 걱정하는 것에서 그녀의 아름다운 마음이 드러난다고 생각한다.

"아니, 모에의 기뻐하는 얼굴을 보면, 난 몇 번이고 그 얼굴을 보고 싶다고 바라게 되거든."

"미안해. 퇴원하면 내년에는 반딧불이가 가득한 강가로 데려가 줄래?"

"당연하지, 하지만 벌레 퇴치 스프레이도 필요하고, 긴소매에 긴바지, 장화까지 준비하지 않으면 안 돼. 그래도 괜찮아?"

"응, 그럼 장화는 사야겠다."

그런 소소한 대화가 두 사람의 마음을 자아냈다.

집으로 돌아가 식사와 목욕을 마치고, 방으로 들어가자 스마트폰에 메시지가 와 있었다. 병실을 어둡게 하고 반딧불이가 빛나는 모습을 찍은 동영상이 첨부되어 있었다.

예쁘다. 신비로워. 일부러 산속까지 가서 잡아 와줘서 고마워. 이렇게 눈앞에서 반딧불이가 빛나는 모습을 본 건 처음이라 매우 기뻐

그리고 모에가 입원한 지 20일이 지났다. 퇴원할 기미는 보이지 않는다고 한다. 모에의 어머니에게 물었으나, 의사로부터 애매한 대답밖에 듣지 못한 모양이다.

모에의 증상은 그리 좋지 않아서 의연하게 행동하지만, 컨디션이 나빠 누워 있는 시간이 늘어났다. 일어나서 병원 안을 산책하는 일도 조금씩 줄어들었다.

밤하늘의 꽃

모에가 입원한 채 7월이 되었다. 일요일이지만 오후 여섯 시까지 있겠다는 약속을 어기고 밤까지 1층 로비에서 기다렸다. 모에가 잠들기 전 아홉 시에 메시지를 보냈다.

창밖을 봐!

갑자기?

일단 봐봐

알겠어

준비됐어?

응

나는 그 대답을 신호로 움직였다. 부지 내에 불꽃놀이를 미리 설치해 두었다. 도화선을 묶어 스무 개쯤 연결했다. 스스로도 이번에는 대담한 짓을 한다고 느꼈다. 도화선에 불을 붙였다. 순서대로 하늘을 향해 쏘아 올려지는 불꽃.

화약이 소리를 내고 일제히 불을 뿜으며 쏘아 올려지는 것이 반복되었다. 조용한 장소에 어울리지 않는 불꽃놀이 소리가 병원 부지 내에 울려 퍼졌다. 이미 어두워진 병실의 불이 일제히 켜졌다. 몇몇 경비원이 주차장에 설치된 불꽃놀이 주변으로 모여들었다.

마지막까지 성공적으로 아름답게 터지기를 기도했다. 조금 떨어진 곳에서 마지막 불꽃이 올라가는 것을 지켜보고, 모에에게 다시 전화를 걸었다.

"모에, 봤어?"

"아하하. 다음엔 절대 하지 마. 들키면 혼날걸."

모에의 목소리에 조금이지만 예전의 명랑함이 돌아온 느낌이 들었다.

"모에가 밝히지 않으면 나인 걸 모를 테니까……."

의미심장하게 웃는 나를 따라 모에도 웃었다.

잠시 하늘에서 터지는 불꽃놀이의 여운이 이어졌다. 경비원도 마지막까지 불꽃놀이가 터지는 것을 지켜볼 수밖에 없었으나, 끝나자마자 회수 작업에 들어갔다.

"절대 이런 짓 하면 안 돼……. 하지만 고마워."

"에이, 천만에."

"저기, 내가 올해는 불꽃놀이를 보러 못 가겠다고 말한 것 때문이지? 히나타 덕분에 아주 기운이 나. 병 따위에 지지 않겠어! 꼭 나아서 퇴원할 테니까……."

전화 너머로 모에의 우는 소리가 들렸다.

"모에…… 내년 불꽃놀이 때는 유카타 입은 거 보여줘!"

나는 밝게 말을 걸었다.

"응."

"그럼 난 사과하고 올게."

"어? 괜찮겠어?"

"괜찮아, 괜찮아!"

병원 사람과 경비원에게는 정말 송구스러운 짓을 저질렀다. 혼날 것을 각오하고 뒷정리를 하러 돌아갔다. 예상대로 경비원에게 엄청나게 혼났다. 이름을 쓰고 부모님께 전화도 해야 했다. 집에 돌아가면 부모님께도 매섭게 설교를 들을 것을 각오했다. 그러나 미안한 마음은 있지만, 모에에게 여름 불꽃놀이를 보여줄 수 있어서 정말 다행이라고 생각했다.

폐를 끼친 어른 여러분 정말 죄송합니다. 나는 버스 안에서 속으로 몇 번이나 사과했다.

모에가 입원한 지 이제 한 달이 지나려고 했다. 나는 호전되지 않고 변함없는 이 상황에 조금 답답함을 느꼈다.

병명

병원 입구에 도착하자, 두 사람의 모습이 눈에 들어왔다. 1층 진찰실에서 나온 모에의 어머니와 주치의 선생님인 듯하다. 모에의 어머니는 울고 있었는데 상태가 평소와 달랐다.

"모에 어머니?"

종종걸음으로 다가갔다. 어머니는 나를 발견하더니 눈물을 닦고 애써 태연한 모습을 보이려고 했다.

"무슨 일이세요?"

나는 어머니에게 물었다.

"아니, 사토 군, 아무것도 아니야."

"하지만…… 선생님, 모에는 괜찮은 건가요?"

나는 자연스럽게 의사에게 질문을 던졌다. 의사는 나의

기세에 눌리면서도 냉정하게,

"이쪽은?"

어머니에게 나에 관해 물었다.

"딸과 사귀고 있는 사토 군이에요."

어머니가 나를 주치의에게 소개했다.

"이 아이에게도 전하고 싶은데 괜찮을까요?"

모에의 어머니가 갑자기 꺼낸 말에 의사는 침통한 표정으로 생각에 잠겼다. 그리고 나를 바라보았다.

"사쿠라이 씨가 괜찮다면."

어머니가 각오를 다진 듯 물었다.

"사토 군, 모든 것을 알고 싶니? 그게 어떤 진실이더라도?"

나는 똑바로 바라보는 그 시선에 순간 망설였다.

"네. 가르쳐주세요. 저는 괜찮습니다."

곧 입에서 멋대로 말이 새어 나왔다. 그럼 조용한 곳으로 들어가자는 의사의 말에 모에의 어머니와 셋이 진찰실로 들어갔다. 무거운 분위기 속에 의자에 앉았다.

"사쿠라이 씨, 그는 가족이 아닙니다만, 제가 설명해도 될까요?"

"네."

모에의 어머니가 시선을 내리깔고 머리를 깊숙이 숙였다. 의사는 짧은 한숨을 한 번 내쉬었다.

"그럼 설명하겠습니다. 사쿠라이 모에 씨는 중증 확장형 심근병증을 앓고 있습니다."

의사가 나와 똑바로 시선을 마주했다. 익숙하지 않은 병명이다.

"네? 잠시만요! 확장형 심근병증이 대체 뭐죠? 그건 나을 수 있는 병인 거죠?"

나는 의사 쪽으로 몸을 내밀었다. 입원한 후에 한 달 동안 호전되지 않았기에 무언가 중병이라고는 생각했지만, 목숨까지 위태로울 수 있는 병이라고는 상상도 못 했다.

무기질적이고 무미건조한 분위기의 진찰실 안. 그 온도감과 달리 뜬금없이 고등학생에게 거센 항의를 받아 당황한 의사. 그래도 나는 개의치 않고 거침없이 따져댔다. 나에게는 받아들이고 싶어도 완전히 불가능한 사태가 현실의 눈 앞에서 일어나고 있기 때문이다. 그 익숙하지 않은 중병 같은 병명에 마음이 짓눌릴 것 같았다.

왜 모에가 그런 심각한 병에 걸린 것일까?

지푸라기라도 잡는 심정으로 말했다.

"선생님! 확장형 심근병증이란 건 낫는 병이죠? 제 말이 맞죠? 반드시 괜찮아지는 거죠?"

이미 볼은 눈물로 젖어 있다. 콧물도, 침도 흐르지만 신경 쓰지 않았다. 목소리를 죽이고 울부짖고 싶은 것을 애써 참으며, 의사에게 바짝 붙어 호소했다. 옆에서 모에의 어머니가 흐느껴 우는 소리가 들렸다.

어째서? 왜? 이 두 말이 머릿속을 빙글빙글 맴돌았다.

"먼저 여기에 있는 심장은 근육으로 이루어진 것을 알고 있습니까? 심장에는 네 개의 방이 있는데, 각각의 방에는 근육이 수축해 펌프 역할을 수행하여 온몸에 혈액을 운반합니다. 확장형 심근병증에 걸리면 그 심장의 근육이 충격을 받아 방의 벽이 얇아지고 말아요. 펌프 기능을 보완하기 위해 방의 크기를 키워 대처하지만, 안타깝게도 이 병은 진행성입니다. 시간과 함께 혈액을 보내는 힘이 저하되고, 폐와 몸에 혈액이 저류되고 마는 울혈성 심부전이라는 상태가 됩니다. 그 뒤, 심장의 방이 더욱 커지게 되지만, 최종적으로는 버티지 못하고 정지합니다."

의사는 나와 정반대로 냉정하고 담담한 어조로 말을 이

었다.

"확장형 심근병증은 좌심실의 벽이 늘어나 혈액을 제대로 보내지 못하게 됩니다. 그렇게 되면 울혈성 심부전을 일으키기 쉬워져요. 좌심실의 혈액을 내보내는 힘은 심장의 벽이 얇게 늘어질수록 약해집니다. 심근의 확장 정도로 중증도가 달라지는 거예요. 여기까지 이해했습니까?"

의미는 잘 몰라도 됩니다. 목숨에 지장은 없습니다. 그 한 마디가 의사의 입에서 나올 것이라 믿었다.

"아무튼 낫는 거 맞나요? 제가 알고 싶은 건 그것뿐이라고요!"

"일반적으로 확장형 심근병증의 5년 생존율은 76퍼센트입니다. 하지만 급사하는 일도 드물지 않습니다."

"네? 선생님, 지금 나머지 24퍼센트는 죽는다고 말씀하신 건가요……?"

"어디까지나 일반론입니다. 그런데 모에 씨는 그중에서도 바티스타 수술이나 심장 이식도 불가능한 전례가 없는 매우 드문 케이스입니다. 현재의 최첨단 의료 기술로도 손쓸 방도가 없어요…… 게다가 혈액을 내보내는 힘이 최근 크게 약해져 있습니다."

의사는 가족이 아닌 외부인인 나에게도 친절하고 자세하게 설명해 주었다. 다만 잔혹한 진실을 더해서. 나는 힘이 빠져 의자에서 주르륵 떨어졌다. 망연자실 바닥에 주저앉았다.

이제…… 아무것도 생각할 수 없다.

"안타깝게도 모에 씨는 그리 길지 않아서…… 이것은 본인도 알고 있습니다."

"길지 않다니 무슨 뜻인가요? 앞으로 몇 년 남았다는 말인가요? 선생님, 앞으로 몇 년 남았어요?"

"지금 상황으로 판단하건대 앞으로 한두 달이 아닐까……."

나에게는 너무나 충격적이고, 가장 잔혹한 여명 선고였다.

뒤에서 모에의 어머니가 무너지듯이 나의 등에 얼굴을 묻고 오열했다.

"미안하구나. 모에가 사토 군에게 자신의 상태를 말하지 말라고 해서……."

자책

모에는 생일날 수영장에 교복을 입은 채 들어갔다. 밤에 같이 달도 보러 갔다.

그런 큰 병을 앓고 있다면…… 그런 심각한 병인 걸 알았다면, 밤에 달을 보러 가자고 불러내지 않았을 것이다. 모에는 자신의 병에 대해 알고 있었는데…… 그래서는 마치 자살 행위가 아닌가!

모에는 자신의 목숨을 희생한 것인가.

이날은 충격을 받아 마음을 정리할 수 없었기에 차마 모에와 만날 수 없어서 그대로 돌아갔다. 모에의 어머니에게 컨디션이 좋지 않다는 식으로 넘어가도록 부탁했다. 어떻게 역까지 돌아갔는지 거의 기억나지 않는다.

자전거 보관소에서 집으로 돌아가던 중에 많은 비가 내리기 시작했다. 비바람이 세차게 몰아쳐 나의 얼굴로 쏟아졌다. 나는 이제 어떻게 되든 상관없었다. 힘껏 자전거 페달을 밟았다. 무언가에 걸리며 자전거가 허공을 날았다. 얼굴부터 땅바닥으로 떨어지며 볼이 지면을 스쳤다. 감각이 둔해졌는지 전혀 고통이 느껴지지 않는다.

"어째서…… 어째서 모에인 거야!"

솔직히 자신의 존재 따위는 아무래도 좋았다. 그 자리에 대자로 드러누워 하늘을 향해 외쳤다.

"어? 히나타 아니야? 괜찮아?"

온몸 여기저기서 피를 흘리는 모습을 발견하더니 황급히 우산을 버리고 누워 있는 나를 끌어안는다.

녹슨 철의 맛

"히나타…… 너 여기서 왜 이러고 있어? 히나타, 내 말 들려?"

다친 탓인가 눈이 잘 뜨이지 않았다. 귀에 익은 목소리에 무거운 눈을 힘겹게 떴다. 나는 많은 비가 내리는 와중에 흐느껴 우는 다카토 레이의 품에 안겨 있었다.

"……레이 너는 왜 여기 있는데?"

"잠깐만, 구급차부터 불러야지!"

"아니야, 괜찮아. 상처도 별것 아니고. 아무 데도 부러지지 않았으니 일어날 수 있어. 그냥 찰과상이야."

"저기, 이것도 사쿠라이 모에와 관련된 거야?"

남에게 모에의 이름을 듣고 현실로 되돌아왔다. 내 안에 사쿠라이 모에가 머리끝부터 발끝까지 가득 차 있다. 레이의 질문에 어떻게 대답해야 할지 모르겠다.

"이런 히나타를 보고 있기 힘들어."

레이의 팔을 풀고 스스로 일어나려고 했다. 생각보다 허리를 강하게 부딪쳤는지 몸을 움직이는 것이 고작이었다. 레이가 어떻게든 부축하려고 했다. 모에와는 다른 냄새가 났다.

그 순간 반사적으로 레이를 거부하고, 반대편 팔로 얼른 밀어내고 말았다.

"미안해. 레이에게 피가 묻을 테니 떨어져 있어! 만약에 더 아파지면 병원에 갈 테니까."

그 말밖에 하지 못했다. 모에 이외의 여자 곁에 있고 싶지 않다.

"하지만 히나타가 완전히 엉망이 됐잖아. 왜 사쿠라이 모에야? 이유가 뭐야, 히나타?"

레이의 슬픈 목소리가 울렸다.

"……어떻게 하면 좋을지 모르겠어."

"히나타……."

길을 지나가던 모르는 어른들이 몇 명이나 괜찮냐고 물었다.

레이를 비롯해 여러 사람에게 폐를 끼친 것을 반성했다. 몇 번이나 머리를 숙이며 괜찮다는 말을 반복했다.

레이에게도 연거푸 사과했다. 시간이 지나며 마음이 아주 조금이지만 진정되었다.

"미안해. 레이까지 걱정하게 해서."

"나와 히나타는 소꿉친구잖아? 그런 건 신경 쓰지 않아도 돼!"

내가 젖지 않도록 계속 우산을 씌워준 것에 감사를 전했다.

"고마워. 아야…… 입속이 찢어진 모양이야…… 다른 사람에게 맞으면 이런 느낌이려나."

레이와의 대화로 현실로 돌아오자, 입속이며 욱신거리는 온몸의 고통이 점점 커지는 기분이 들었다. 입속이 녹슨 철의 맛으로 가득해졌다. 레이에게 받은 물로 입을 헹구고 빨

갈고 끈적한 액체를 뱉어냈다. 생각보다 상처가 큰지 말하기 불편하다.

"히나타는 평생 싸움 같은 것과는 인연이 없을 테니까."

피식 웃었다. 레이가 이렇게도 다정한 표정을 짓는다는 것을 깨달았다.

레이 덕분에 조금은 마음의 무거운 짐 같은 것에서 해방된 느낌이다. 아주, 아주 조금이지만……

"미안해, 레이…… 그리고 고마워. 그럼 난 돌아갈게."

"어쩔 수 없지. 소꿉친구니까 같이 가줄게."

"그거, 집 방향이 똑같으니까 그런 거잖아."

발을 끌며 자전거를 천천히 밀었다. 집까지 우산을 씌워주며 같이 돌아와 준 레이에게는 그저 고마울 따름이다.

레이는 평소보다 더 여러 가지로 말을 걸어주었다. 나는 생각에 잠겨 있느라 그냥 조용히 듣기만 할 뿐이었다.

그래도 오늘 알게 된 잔혹한 사실은 누구에게도 말할 수 없었다. 모에가 없어질지도 모른다. 그것은 자신에게 가장 큰 두려움이었다. 말로 내뱉으면 현실이 될 것 같아 무섭다.

그 순간 모에가 보낸 메시지가 도착했다.

오늘 병원에 안 왔던데 괜찮아?

바로 답장했다.

미안해. 오늘은 컨디션이 안 좋아서. 내일은 꼭 문병하러 갈게

짧은 문장이 몇 분 단위로 보내졌다.

응. 너무 무리하지 마

매일 오는 건 힘들 거라고 생각했으니까

하지만…… 히나타가 와주는 게 제일 기뻐

병원 창문으로 히나타가 돌아가는 걸 보는 게 너무 아쉬워

천천히 기다린 뒤 답장했다.

나도 모에를 만나는 게 제일 기뻐. 오늘은 못 가서 미안해

내일 문병 갈 때는 이 얼굴을 어떻게 설명해야 할까…… 그와 동시에 모에의 병에 대한 진실을 알고 만 이상 어떻게 대하면 좋을지 자전거를 끌며 쭉 생각했다.

집에 도착했다.

레이가 각오한 듯 입을 열었다.

"나 있잖아, 히나타를……."

무언가를 말하려는 순간, 마침 엄마가 현관으로 나와 나의 얼굴을 보고 놀라 달려왔다.

"히나타, 어쩌다 그렇게 다쳤어?"

"자전거를 타다 넘어져서…… 레이가 도와줬어."

"레이, 고맙구나! 자, 어서 집으로 들어가 빨리 소독하자!"

엄마와 함께 레이에게 인사를 하고 헤어졌다. 레이는 계속 불안한 얼굴로 나를 바라보았다.

엄마가 갈아입을 옷을 건네고 일단 씻을 것을 권했다. 전에는 불꽃놀이 일로 병원에서 전화가 왔고, 이번에는 자포자기했다고 해도 자전거 사고로 이런 꼴이. 부모님에게 걱정만 끼치고 있다. 너무 죄송하다.

소독한 상처 부위를 거즈로 덮고, 타박상을 입은 곳에는 파스를 붙인 채 나는 압박에서 해방된 것처럼 침대 위에서 울다 지쳐 잠들고 말았다.

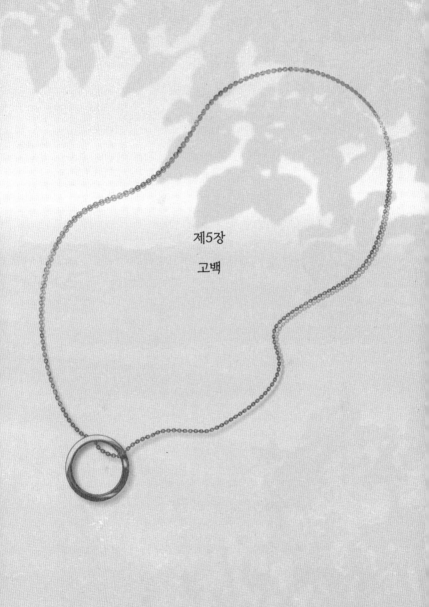

제5장

고백

첫 만남

나는 자포자기했다. 인생에 절망했다. 고등학생이 되기를 포기했다. 신을 원망했다. 신에게 실망했다. 열다섯 살. 고작 15년밖에 살지 않은 중학생에게 신은 무차별적으로, 배려도 없이 잘도 이런 잔혹한 운명을 내려주었다. 무차별? 아니, 나를 노렸나? 이제는 어느 쪽이든 상관없다. 아무리 내가 남달리 명랑한 성격이라도 이것에는 솔직히 기분이 가라앉았다.

'여명 1년일 가능성'
'고등학교를 졸업하기는 어렵습니다'

너무 무거운 죽음의 선고. 의료 드라마에서나 봤던 여명 선고. 그것이 현실. 눈앞에 닥친 일. 아니, 당사자. 이대로 고등학교 입시 준비를 해봐야 아무 의미도 없다.
절망과 절망이 겹쳐 짓눌릴 것 같다.

부모님에게는 심장 때문에 여명을 선고받게 된다면, 반드시 알려달라고 부탁했었다. 나의 남은 시간을 알 권리는 나에게 있다고 강하게 선언했기 때문이다.

그때 부모님은 눈물을 흘렸고, 나도 차마 말을 더 잇지 못했다. 부모님은 나의 의사를 존중해주었다. 그런 부모님께 정말 감사한다.

하지만 아무리 그렇다고 해도 오늘만은 울적해도 되지 않을까? 그렇게 자신을 감쌌다.

중학교 3학년 가을. 자살하는 게 나을까? 그런 생각이라도 하지 않으면 버틸 수 없는 여명 선고를 듣고 병원에서 돌아가는 길. 잠깐 들른 쇼핑몰의 게임 센터에서 나는 그와 만났다.

여명 선고 탓에 음울한 분위기가 감도는 차 안에서 엄마에게 기분 전환이라도 하자는 말을 꺼냈다. 나는 쇼핑몰의 게임 센터에서 놀고 있을 테니 엄마도 기분 전환 겸 쇼핑이라도 다녀오라고 강하게 권했다.

이런 일로 엄마의 기분이 나아질 리가 없는 것은 안다. 누구보다 사랑하는 하나뿐인 딸이 한 시간 전에 죽음을 선고받았다. 오늘은 아빠가 같이 와서 정말 다행이다. 아빠의 그런 얼굴은 처음 봤을지도 모르겠다. 충격으로 두 사람 모두 얼굴이 굳어 있었다. 아빠에게도 세상에서 가장 소중한 딸이었을 터. 밝게 지내자고 해도 불가능한 일일까…….

아빠에게는 엄마를 따라 쇼핑하러 가도록 했다. 그러나 나를 혼자 놔둘 수는 없는 모양이다. 구석에 숨어 나를 관찰하는 것이 빤히 보였다. 솔직히 어디든 좋으니 혼자 있고 싶었다.

"괜찮아! 나는 아무렇지도 않아"라고 두 사람에게 몇 번이나 말했다. 소란 속에서 나는 혼자다. 주위에 있는 사람들은 1년 뒤에도 2년 뒤에도 10년 뒤에도 대부분 살아 있을 사람들이다. 하지만 나에게는 앞으로 1년뿐. 1년도 버티지 못할 가능성도 있다. 아무리 긍정적인 사람이라도 울적해지기 마련이다.

신은 애써 태연하게 행동한 나를 칭찬해야 한다. 진심으로 원망하는 말은 하지 않았으니까. 원망한다고는 했지만, 실망했다고도 했지만, 그리 큰 원한은 아니니까 안심해!

신이시여, 당신에게 감사한 일도 있어요. 그와 만나게 해주었으니까…….

"엄마, 갖고 싶어. 미이, 저 인형 갖고 싶어. 꼭 갖고 싶단 말이야."

서너 살쯤 된 여자아이가 어머니의 치맛자락을 붙잡고 떼를 쓰면서 울고 있다. 나는 5미터 정도 떨어진 벤치에 앉아 그 모습을 멍하니 지켜보았다. 죽음을 선고받은 참인 나에게는 울부짖는 아이의 마음을 헤아릴 만한 여유가 없었다. 그저 멍하니 그 모습을 텔레비전이라도 틀어놓은 듯 가벼운 마음으로 쳐다보기만 했다.

그 아이의 어머니가 백 엔짜리 동전을 몇 개 동전 투입구에 넣었다. 열심히 크레인을 조종하였지만, 아이가 원하는 인형을 전부 뽑지는 못했다. 그 뒤에도 몇 번인가 인형 뽑기에 도전하였으나, 결국 포기하였는지 아이의 손을 억지로 당겨 끌고 가려고 했다. 아이는 여전히 엉엉 울고 있다. 그 목소리가 실내에 온통 울려 퍼졌다. 나에게는 귀에 거슬리는 소음도 아닌, 그저 무기질적인 배경음악처럼 들렸다.

그것도 그런가…… 여명 선고 기념일이니까.

한 소년이 인형뽑기 기계 앞에 나타났다. 백 엔짜리 동전을 몇 개인가 넣고, 아까 그 여자아이가 갖고 싶어 하던 인형을 뽑으려고 하는 듯했다. 조금 뽑기 쉬워진 상태였는지, 몇 번 도전한 끝에 무사히 인형을 뽑을 수 있었다. 나는 속으로 아, 아쉽게 됐네, 저 남자애가 뽑아버려서. 아이가 불쌍해, 라고 생각한 순간, 그가 인형을 들고 울음소리가 나는 쪽으로 달려갔다.

그리고 아이의 앞에 섰다.

"자. 여기 잊어버린 물건이야."

그리고 다정하게 미소를 지으며 그 인형을 건네고는 바로 그 자리를 떠나려고 했다. 텅 비어 있던 나의 마음으로 무언가 산들거리는 바람이 통과했다.

키는 170센티미터 정도. 꽤 호리호리한 편인 그는 몇 번이나 감사 인사를 하는 어머니를 양손으로 제지하며, 겸연쩍은 듯 수줍은 얼굴로 오히려 머리를 숙이고 사라졌다. 어깨에 걸치고 있던 가방은 아오야마산 중학교의 것이었다.

두 번째 만남

3월 2일

오늘은 아주 좋은 일이 있었다. 우연히 그와 만났다. 그래, 그때 게임 센터에서 봤던 그 사람. 이것은 시간이 얼마 남지 않은 나를 신이 불쌍하게 여겨 그와 만날 기회를 선물해 준 것이라고 믿기로 했다. 그래서 오늘부터 짝사랑 일기를 쓰기로 했다.

먼저 그와의 만남을 써두겠다…….

……여기까지가 그와 만났을 때의 일이다.

여명 선고로부터 반년. 남은 하루하루를 소중하게 여기지 않으면 안 된다. 그런데 설마 그와 같은 고등학교의 입시 시험을 보게 될 줄은 몰랐다.

그는 교실로 들어가 나의 두 자리 앞에 앉아 참고서를 열심히 읽고 있다. 그때의 아오야마산 중학교에 다니는 그 사람이었다. 나는 고등학교에 입학할지 고민하고 있었으나, 다니든 말든 일단 시험은 보기로 했다. 단지 그것뿐이었다. 다행히 몸의 상태가 안정되어 있다. 발작이 일어나는 일도 없이 평범하게 사는 데에는 아무런 지장도 없는 그런 평온한 생활을 보내고 있었다.

시험인데 나만 감각이 다른 것 같다. 입시로 인한 긴장감은 전혀 없지만, 그와 재회할 수 있어서 너무 기뻤다. 이 순간, 그와 같은 학교에 다닌다는 인생의 마지막 목표가 생겼다. 여자 중학생의 소소한 즐거움. 신이시여, 그 정도는 괜찮겠죠? 그때 그의 앞자리에 있던 남학생이 큰 소리로 말했다.

"망했다. 지우개가 없어. 우와, 누구 있는 사람?"

"바보 아냐? 너 이제 시험 떨어진다!"

"시험 당일에 지우개를 안 가져오는 바보가 있다고?"

"불길한 소리 좀 하지 마!"

지우개를 잊은 그가 다른 친구들에게 놀림받았다.

필통을 열어보고, 가방을 열었다 닫으며 당황하고 있다. 본인에게는 사활이 걸린 문제인지, 점점 심각한 표정으로 변해갔다.

그때 뒤에 앉은 아오야마산 중학교의 그가 자신의 필통에서 지우개를 하나 꺼냈다. 그러더니 일단 몸을 굽혔다 다시 일으켰다. 이어서 소란을 피우던 남학생의 등을 가볍게 두드렸다.

"이거, 네 거지? 떨어져 있었어."

"고, 고마워."

물론 아오야마산 중학교 학생인 그의 지우개지 저 남학생의 것이 아니다. 미묘한 표정을 지으면서도, 앞자리의 남학생이 감사하는 것만은 전해졌다. 창피하지 않도록 그가 떨어뜨린 물건이라며 건네는 친절함과 배려에 솔직히 놀랐다.

알지도 못하는 남에게 이렇게 친절을 베푸는 사람이 세상에 정말 존재한다며 감탄했다. 온몸이 친절로 만들어진 것 같다고 생각했다.

게임 센터에서 여자아이와의 일도, 오늘 본 광경도 그의 존재가 나의 마음을 강하게 사로잡았다. 게임 센터에서 봤을 때부터 이미 나는 그를 계속 신경 쓰고 있었을지도 모른다.

짧게 잘라 대충 다듬은 헤어스타일에는 요즘 유행하는 느낌이 없고, 젤이나 무스 등도 쓰지 않았다. 천진함이 깃든 눈은 웃으면 크게 휘어진다. 좋은 사람이라는 것이 얼굴에 드러난다.

소박하고 순수한 것 같다고 해도 과언이 아닌 그에게 나는 마음을 빼앗겼다. 아마 인생 최후의 사랑.

얼굴도 내 취향이었다. 소금 같은 느낌이라고 해야 하나. 눈이 휘어지도록 웃으면 굉장히 귀엽게 보인다.

이 시점에 앞으로 반년밖에 남지 않은 내가 사랑에 빠졌다…….

그것은 이 세상에서 사라진다는 초조함이나 그런 사고방식과는 거리가 멀다. 논리와는 상관없이 제멋대로 표현하자면, 너무나 순수한 것이라는 생각이 들었다.

나는 인생에서 마지막으로 사람을 좋아하게 된 채 마무리할 수 있다…… 그럴지도 모른다는 생각에 혼자 두근거렸다. 짝사랑이어도 괜찮다. 내가 마지막으로 좋아하게 된 사람은 꾸미지 않고, 언뜻 보아 화려함과는 거리가 먼 친절함의 화신 같은 사람이다.

쉬는 시간에 책상에 붙은 수험번호와 이름을 자연스럽게 살펴보았다.

음…… 사토 히나타라고 읽나? 아니면 사토 휴가인가?

어느 쪽으로 읽어야 할까? 그 의문은 장난을 치러 온 그의 친구 덕분에 쉽게 해결되었다. 그의 이름을 불러준 것이 고맙다.

'사토 히나타'

이 이름이 나의 인생에서 처음이자 마지막으로 좋아하게 된 사람의 이름이다. 옳지 않은 행동이겠지만, 시험을 보는 중에도 머릿속으로 '사토 히나타'를 수백 번 연호했다. 시험이 끝나자 그는 친구들과 즐겁게 돌아갔다. 그가 돌아간 뒤에 책상에 붙은 이름표를 기념으로 가져가기로 했다.

이틀간 행복한 시간이었다. 사심이 섞인 나와 달리 진지하게 시험을 치른 사람들에게는 미안하다.

일기 첫날, 이렇게나 많이 쓰고 말았다. 땀이 다 난다. 계속해서 이렇게 많이 쓸 수 있으려나?

제법인데, 신!

4월 9일

정말 당황했고, 정말 놀랐다. 기분 최고다. 신이 있었구나. 앞으로 얼마 남지 않은 나에게 무엇보다 큰 선물이다. 속으로 신도 제법이네, 라고 외쳤다.

입학식 며칠 전 조금 컨디션이 나빠진 나는 먼저 병원에 들른 뒤, 중간에 입학식에 참석하기로 했다.

놀랍게도 고등학교 주차장에 차를 세우고, 부모님이 교장실로 인사를 하러 간 동안, 그와 마주치고 만 것이다.

세 번째는 우연으로도 불가능에 가까운 만남이었다. 물론 같은 고등학교에 입학하였으므로, 만날 가능성은 높지만, 입학식에 참석했을 터인 그가 무슨 까닭인지 나의 눈앞에 나타났다.

전날 학교를 방문해 부모님과 함께 미리 학급 명단을 받았다. 거기에 나의 이름과 그의 이름이 같이 있던 것에도 놀랐다. 혼자 침대 위에 누워 명단을 보면서 히죽거렸다. 객관적으로 보면 종이를 보며 히죽거리는 여자 고등학생이라니 누가 봐도 징그럽다. 하지만 그런 것은 아무래도 좋다. 그와 같은 반이 되었으니까. 너무 기쁘다.

여명 반년을 선고한 신에게 불평하면서도 그 미운 신에게 감사했다. 신비로운 감정이 나의 마음속을 가득 채웠다. 그 감정은 분명히 부정적이 아니라 긍정적인 감정이었다. 그가 갑자기 눈앞에 있는 기적이 일어났으니까. 정말 당황했다. 놀란 정도가 아니다.

나는 내 감정을 억누를 수 없었다. 나는 스스로 머리가 이상해졌다고 생각했다. 충동적으로 그에게 말을 걸었으니까. 그는 경계하는 표정과 친절한 표정을 번갈아 지었다. 그것도 그렇다. 정체불명의 여자가 갑자기 말을 건다면, 아무리 그곳이 학교라도 누구나 의심스럽지 않았을까?

게다가 그 뒤에 자리가 앞뒤라는 깜짝 선물이 내 감정의 파도에 결정타를 가했다. 기쁜 마음을 전혀 자제하지 못하고 인생에서 처음으로 고백까지 해버렸다.

입학식에서 모르는 여자로부터의 갑작스러운 고백. 솔직히 당황스러웠을 것이다.

인생 첫 고백은 부끄러웠기에 용기를 내야만 했다. 하지만 무모한 고백이 성공했다. '응'이라고 말해준 것이 기뻤다. 원래는 조금씩 사이가 좋아지며 조금씩 좋아하게 되는 것이 연애라고 생각했다. 지금까지 고백받은 일은 몇 번이나 있었지만, 중학교 때는 몸이 약해서 입원과 자택 요양을 반복하였기에 남자와 사귄 적이 없다.

따라서 자신이 먼저 고백하는 일은 있을 수 없다고 생각했다. 하지만, 하지만, 꺄아 부끄럽다. 인생에서 최초이자 최후의 고백을 해버렸다.

그 대답이 '응'이라니 정말 다행이다. 그야 앞으로 반년밖에 안 남았는데 처음이자 마지막 고백에 실패하면 죽어도 죽을 수 없으니까…… 하하.

오늘부터 짝사랑 일기는 연애 일기로 이름이 바뀌었다.

밤에 메시지도 잔뜩 주고받았다. 그에 대해 알게 되어 정말 기쁘다. 죽기 때문이라든가, 시간이 없기 때문이라는 것과는 상관없이, 친절함과 자신보다 남을 우선하여 친구들에게도 인망이 높은 그를 점점 좋아하게 되었다.

오늘보다 내일. 내일보다 모레. 언제까지 이 말을 할 수 있을까? ……하지만 좋아하길 잘했다고 생각할 수 있는 상대와 만난 건 내가 죽는다는 슬픈 사실보다 훨씬 행복한 사실이다.

죽기 전까지 보고 싶던 스트로베리 문에 대해서도 그에게 가르쳐주었다. 그도 관심이 생긴 모양이다. 같이 볼 수 있으면 좋겠다. 좋아하는 사람과 함께 본다면 영원히 맺어질 테니까. 나는 죽더라도 그와 맺어질 수 있다…….

사실은 그와 반대로 기쁜 마음의 배 이상, 이기적인 자신에게 진심으로 자기혐오도 느꼈다. 나의 제멋대로 된 행동 탓에 그는 경험하지 않아도 될 연인의 죽음을 경험하게 될 것이다. 나는 왜 이렇게 에고이즘으로 가득한 최악의 인간일까. 그를 먼저 좋아하게 된 사람은 나다. 그냥 보고만 있을 생각이었다. 계속 짝사랑인 채로 남겨두고, 그가 그냥 같은 반 친구가 죽은 것 정도로만 느끼기를 바랐다. 진심으로 좋아하는 것이란 그런 것이라고 생각한다……. 하지만…… 하지만…… 좋아하게 되고 말았는걸. 참을 수 없을만큼. 히나타…… 미안해…….

주말에는 학원에 다니느라 만날 수 없다고 해서 미안해. 너에게 거짓말하기는 괴로워. 의사 선생님이 좀처럼 외출 허락을 해주지 않거든. 앞으로도 너에게 거짓말을 해야 하는 게 괴로워…….

멋진 남자 친구

4월 11일

그와 사귀며, 그의 인간성에 점점 끌리게 되었다. 히나타의 주위에는 두 명의 친구가 종종 모인다. 한 명은 가와무라. 그는 학교에서도 눈에 띄는 타입으로, 친구인 지카가 멋있다, 잘생겼다를 연발하였다. 하지만 나는 히나타가 더 멋있다고 생각한다. 그렇게 말하자 지카는 모에의 눈에는 콘택트렌즈가 필요하다고 주장했다. 너무하다. 취향의 문제라고 생각한다. 나는 히나타의 다정하게 웃는 얼굴이 무엇보다 좋다. 다른 한 명은 후쿠야마. 호리호리한 체형에 부드러운 느낌이다.

두 사람은 종종 히나타를 놀린다. 히나타에게 물으니 초등학교부터 친구였다고 한다. 세 사람은 초등학교 때 야구부에 들어갔는데, 후쿠야마가 피처? 가와무라가 캐처? 라는 포지션이었고, 히나타는 벤치? 라는 포지션이었다고 한다. 야구에 대해서는 전혀 모르지만, 과연 히나타다. 두 사람과는 이름부터 다른 느낌의 포지션이었으니 분명히 대활약했을 것이다.

4월 27일

내일부터 골든위크다. 평소라면 좋아했겠지만, 나에게는 지옥 같은 골든위크다. 학교에 가면 히나타를 만날 수 있다. 히나타를 볼 수 있다. 히나타와 같은 공기를 마실 수 있다. 하지만 우리 학교의 골든위크는 남들에게는 황금연휴다. 1일은 창립기념일. 2일은 은인 감사의 날 등 이해가 안 되는 이유로 휴교다. 이건 선생님들이 쉬고 싶을 뿐이잖아. 9일이나 연휴일 필요가 있나?

9일 동안 히나타를 만날 수 없다니 우울하다. 내일부터 골든위크 기간에는 아빠, 엄마와 요양을 겸하여 온천 여행을 갈 예정이다. 하지만 마지막 여행이 될 테니 마지막 효도라고 생각해야지.

사랑 선언

5월 7일

한 가지 좋은 생각이 났다. 노력해 볼 계획이다. 혹시 좋은 결과가 나오면 히나타가 기뻐해 줄까?

내가 사토 히나타를 진심으로, 정말로 좋아한다고 드러내는 것이려나. 신이시여, 가끔은 좋은 결과를 선물해 줘요! 착한 아이로 지낼 테니까.

5월 16일

오늘은 다카토와 처음으로 대화했다. 체육 시간이 같은데, 우연히 다카토도 다치는 바람에 수업에서 빠져야 했기 때문이다.

다카토는 엄청난 미인에 성격도 좋다. 나를 싫어할 터인

데 전혀 그런 티를 내지 않았다. 다카토도 히나타를 좋아한다고 확신했다. 그래도 그녀는 나와 웃는 얼굴로 대화를 나누었다. 히나타의 이야기를 할 때는 조금이지만 그녀의 리듬이 흐트러졌다. 나와 히나타 사이를 눈치챈 것이 전해졌다.

다카토, 미안해. 그래도 나는 히나타가 좋아. 누가 히나타를 좋아하더라도 나는 히나타가 좋아.

세상을 떠날 내가 이렇게 제멋대로 구는 것을 다카토는 원망할 거야. 용서해 달라고는 안 할게. 같은 사람을 좋아하게 되어 다행이야.

5월 27일

오늘은 학교 축젯날이다. 히나타와 한 가지 비밀을 공유했다. 해바라기 사진집에 두 사람의 이름을 적었다. 우산 그림에 하트 마크도 그렸다. 누가 보면 우리가 사귀는 것을 들키고 만다. 나는 여름에 태양을 향해 자신만만하게 피는 해바라기를 정말 좋아한다고 전했다. 해바라기의 꽃말은 변하지 않는 마음이라고 히나타에게 알려주었다. 그래서 해바라기 사진집에 두 사람의 이름을 적을 수 있어서 기쁘다. 미술실과 관련된 모든 사람, 학교 비품에 멋대로 이름을 낙서해서 미안해요.

오늘은 어떻게든 꼭 써야 할 다른 일이 생겼다. 미술실로 가기 전에 다카토가 나를 불러 세웠다. 나쁜 짓을 저지른 것은 아니지만, 솔직히 움찔했다.

"혹시 히나타와 사귀고 있어?"

그런 질문을 받아 다시 움찔했다. 역시 다카토는 히나타를 좋아한다.

히나타가 다카토에게 사귀는 것을 보고하지 않았다고 판단했기에 미안했다. 나도 말을 얼버무렸다. 솔직하게 직접 물어봐 준 다카토에게 회피하는 듯한 행동을 해서 미안하다. 하지만 내가 히나타를 좋아하는 것은 확실히 전달했다. 다카토에게 이런 말을 들었다.

"너보다 내가 히나타를 더 잘 알아. 너처럼 눈에 띄는 사람은 히나타일 필요 없잖아? 훨씬 멋있는 사람도 많잖아! 왜 하필 히나타야?"

다카토도 히나타와 오래 알고 지냈으니 히나타의 장점을 나보다 많이 아는 건 부럽기도 하다. 하지만 나도 솔직하게 말했다.

"나는 히나타가 세상에서 제일 멋지다고 생각해. 다정하고, 남에게 배려할 수 있고, 자신보다 남을 생각하는 점도. 여러 가지를 진지하게 마주할 줄 아는 사람인 것도. 주름이 지도록 활짝 웃는 얼굴도 멋지고, 우직한 히나타가 나는 정말 좋아."

이렇게 그녀의 눈을 똑바로 바라보며 전달했다. 그녀는 그 이상 아무 말도 하지 않았다.

다카토.

정말 미안해. 나는 반년이 지나면 존재하지 않을 사람이야. 그래도 지금은, 지금만은 히나타를 누구에게도 양보하고 싶지 않아. 건네고 싶지 않아. 떨어지고 싶지 않아.

나는 히나타의 인간성에 진심으로 끌렸어. 좋아하게 됐어. 너는 먼저 죽을 거면서 제멋대로라고 말할지도 몰라.

히나타를 누구보다 소중하게 여기는 다카토이기에 나를 용서하지 않을 거라고 생각해.

하지만 혹시 용서해 준다면 이런 부탁을 해서 정말 미안하지만, 히나타를 지금까지처럼 쭉 지탱해 주기를 바라. 곧 떠날 나에게는 불가능한 일이니까…….

첫 데이트

6월 2일

부모님께 거짓말을 하고 히나타와 외출했다. 조금 죄책감이 든다. 하지만 정말 즐거웠다. 엄청나게 폭신폭신한 팬케이크가 너무 맛있어서 황홀할 지경이었다. 히나타, 미안해. 히나타에게 병에 대해 거짓말해서. 히나타가 여자 친구에게 바라는 가장 중요한 것이 나에게는 없다. 몇 번이나 병에 대해 말하려고 했지만, 도저히 말할 수 없었다. 이기적이다. 너무 이기적이다. 하지만 돌아가는 열차 안에서도, 폭신폭신한 팬케이크도, 줄을 서서 기다리던 시간도, 수족관에서 해파리며 상어를 보며 좋아하던 때도, 돌고래 부부 앞에서 프러포즈? 해준 소중한 시간도 모두 즐거웠다. 이런 일도 있구나. 뭔가, 히나타와 있는 것만으로도 들이마시는 공기도 모두 깨끗하고 맛있게 느껴지고, 세상이 밝게 비추는 것처럼 보인다. 자신의 인생이 스포트라이트를 받고 있는 듯한 느낌. 행복하다. 언제까지나 이렇게. 그 말밖에 나오지 않는다. 처음 손을 잡았을 때, 히나타의 따스함으로 가득한 손의 감촉, 나는 절대 잊지 않아.

데이트 정말 즐거웠다. 불가능할지도 모르지만, 앞으로도 둘이 여기저기 다니고 싶다. 돌고래 이야기를 할 때 히나타가 너무 귀여워서 마음이 벅찼다. 프러포즈는 받아들일게.

완성

6월 3일

드디어 완성했다! 열심히 했다! 제법인데, 나! 이런 기분. 이것을 보면 히나타는 어떻게 생각할까? 물론 좋은 결과가 아닐 경우는 겉으로 드러내지 않을 거다, 아마…… 그래도 좋다. 나의 마음을 표현하였다고 생각한다.

혹시 내가 사라지면 나를 잊어도 돼. 혹시……는 아닌가. 가을에는 떠날 게 확정되었으니. 인생의 나머지 몇 달, 좋아하는 사람과 같이 보낼 수 있다니 어쩌면 나는 소수의 행복한 사람일지도 모른다. 좋아하는 사람을 생각하며 마지막을 맞이할 수 있는 사람은 그리 많지 않을지도 모르니까.

앞으로 히나타에게는 히나타의 인생이 있다. 그러니 나는 너의 인생을 속박할 수 없어…… 미안해, 미완성인 부분이 있어서. 그곳은 도저히 채울 수 없었거든.

나는 어디에 있더라도 무엇보다 너의 행복을 바랄게. 너의 행복한 인생을 항상 응원할게.

열여섯 번째 생일

6월 4일

오늘은 나의 열여섯 번째 생일이다. 아빠, 엄마, 내년에는 축하할 기회를 없앤 불효자라 죄송해요. 감사 편지는 따로 적었으니 읽어줘.

히나타와 사귄 지 약 두 달이 지났다. 그런데 나 때문에 중학생의 연장선 같은 연애다.

오늘은 인생에서 이렇게 기쁜 일이 없을 만큼 기뻤다. 나는 그를 좋아하게 되어 정말 다행이라고 새삼 느꼈다. 그의 올곧은 솔직함과 최선을 다하는 모습에 남을 배려하는 소중함을 배웠다. 앞으로의 인생에 활용하고 싶다. 아니, 활용할 기회가 적지 않나? 따져보면 앞으로 넉 달인가…… 하하.

설마 커피 우유를 다 마셨더니 병에 메시지가 쓰여 있을 줄은 몰랐다. 센스 있는 이벤트. 게다가 그 뒤에도 히나타의 친구들이 여러모로 도와주었다. 보물찾기 같은 즐거움을 맛보게 해주어 정말 고맙다. 굉장히 두근거리고 신났다. 초등학생 때 아무 생각도 없이 레크레이션을 즐기던 때처럼 순수한 마음을 떠올리게 해주었다.

수영장에 뛰어든 건 솔직히 말하면 분명히 엄마에게 혼날 거다. 하지만…… 그때는 이제 어떻게 되어도 좋다고 생각했다. 사귀기 시작한 지 두 달, 그는 생각보다 더 좋은 사람이었다. 자기 일보다 타인의 일. 게다가 알지도 못하는 사람까지. 태양을 향해 피는 해바라기처럼 올곧은 사람이다. 내가 해바라기를 좋아하는 이유는,

"사토 히나타가 해바라기 같은 사람이기 때문이다."

가와무라도, 후쿠야마도 진심으로 걱정해 주었는데, 훌륭한 남자 친구에게는 훌륭한 친구가 있는 법이라고 새삼 생각했다. 내가 대답한 "난 첫눈에 반했으니까!"라는 말은 더할 나위 없는 사실이니까.

그리고 염원하던 스트로베리 문을 같이 볼 수 있었다.

기적의 생일.

인생의 마지막이 될 생일에 기적적으로 좋아하는 사람과 함께 스트로베리 문을 보며 보낼 수 있었다. 역시 이런 호강을 누리려면 목숨 정도는 대신 내놓지 않으면 안 되겠지.

핑키링은 마지막까지 소중하게 간직할게. 히나타, 관 속까지 가져가도 될까?

엄마에게 전해둘까. 내가 죽으면 왼쪽 새끼손가락에 반드시 끼워달라고…….

이런 날에 이런 생각을 한다니 행복하면서 불행하네.

지금 정도는 나, 울어도 될까…… 사실은 너무 무서워…… 이제 와서 무섭다니 이상하지…… 오늘이 너무 행복해서.

나란히 드러누웠을 때 그의 냄새와 온기를 옆에서 느꼈다. 이 사람의 곁에 언제나 있고 싶다고 바라고 말았다.

그의 냄새와 그의 체온을 잊지 못할 만큼 좋아한다.

다만 마지막을 맞이할 때까지 고민한 것이 있다. 나는 그와 첫 키스를 어떻게 할지 크게 고민했다. 오늘도 망설였다. 웃긴 고민이지?

반짝반짝 빛나는 청춘을 한창 누려야 할 때의 여고생이니 살아 있는 동안 키스 정도는 하고 천국으로 떠나고 싶다. 하지만 그의 첫 키스가 혹시 나라면, 평생 마음에 상처를 주는 꼴이 될지도 모른다. 첫 키스 상대가 누구야? 하고 앞으로 사귈 여자 친구가 묻는다면, 이미 이 세상에는 없다고 대답하지 않으면 안 된다.

그리고 히나타가 나 때문에 아빠와 엄마에게 혼나게 돼서 미안하다.

오늘은 일기를 많이 썼다. 좀 무리한 걸까. 평소보다 피곤하다……. 그럼 오늘은 여기까지.

FBI

6월 6일

어제부터 입원했다. 엄마에게 일기를 가져와달라고 부탁
했다. 나의 인생이 종료될 때까지 내용은 읽지 말라고 약
속했는데 괜찮을까? 나의 악운은 아무래도 여기까지인 것
같다⋯⋯. 여명 1년이라면 적어도 10월까지는 살아 있어야
하는 거 아닌가? 라고 신에게 클레임을 걸고 싶다. 클레임
용 콜센터 만들어줘 ☺. 질리도록 불평할 테니까!

항상 명랑한 나라도 입원하게 되니 기분이 조금 다운되
었다. 입에 산소마스크를 끼고 왼팔에는 링거를 단 완벽한
환자 스타일이다. 아아, 이제 곧 죽으려나.

히나타에게는 '걱정하지 마'밖에 보내지 않았다. 진실을
알면 싫어하려나?

몇 달 뒤면 죽을 여자 친구⋯⋯ 누구나 싫겠지⋯⋯.

6월 7일

내 남자 친구는 마약 탐지견인가? FBI인가? 굉장히 기뻤다. 시내 병원을 모두 조사하여 내가 입원한 다른 시의 병원까지 도달했다. 이런 일이 또 있을까?

병실 문을 쳐다보자 히나타가 있어서 심장이 멎는 줄 알았다. 안 그래도 내 심장은 이제 곧 멎지만 하하.

그의 다정한 웃음을 보니 눈물이 계속 멈추지 않았다. 이런 곳까지 자전거를 타고 한 시간이나 달려 문병을 와주었다. 착할 뿐만 아니라 근성까지 있는 멋진 남자 친구다. 헤헤.

이것으로 내가 꽤 심각한 환자임을 들키고 말았다. 병명과 여명은 굳이 자세히 말해주지 않았다. 미안해. 너무 갑작스러워서 고백할 용기가 없었어. 나도 병명은 모르는 척했다. 사실을 말했다가 좋아하는 그에게 차이는 것이 무서웠다.

게다가 갑자기 왔잖아. 민낯에 머리도 헝클어졌고. 너무 부끄러워서 죽고 싶었단 말이야.

하지만…… 그의 다정한 얼굴을 볼 수 있어서 정말 기뻤다. 미안해, 걱정시켜서.

창문으로 돌아가는 너의 뒷모습이 작아질 때까지 계속 지켜봤어. 정말 고마워.

6월 15일

그 뒤로 히나타는 매일 문병을 와주었다. 기쁘지만, 그의 컨디션도 신경 쓰인다. 무리하게 하는 건 아닌지 걱정된다. 그는 자신이 만나고 싶기 때문이라며 평소처럼 다정하게 말했다.

오늘은 특히 놀랐다. 반딧불이 서른 마리라니. 일부러 메노미강 상류까지 가서 할아버지와 잡아주었다. 그의 앞에서 섣불리 무엇을 하고 싶다고 말해서는 안 될 것 같다. 착한 사람이라 나의 바람을 무엇이든 이루어주려고 하기 때문이다. 그 마음에 가슴이 괴롭다. 왠지 애타고 괴로우면서 그를 사랑스럽게 여기는 마음.

밤이 되어 몰래 숨겨두었던 봉투에서 곤충 채집통을 꺼냈다.

병실 안에서 크리스마스트리처럼 반복적으로 깜박이는 반딧불이들. 빛을 발할 때마다 환상적인 눈부심과 함께 생명의 끝을 향해 가는 애절함이 공존하는 기분이 들었다.

어린 시절 눈앞에서 반딧불이를 본 적이 있던가? 하며 과거를 그리워했다. 그와 그의 할아버지께 감사한다.

반딧불이를 볼 수 있는 것도 이것이 마지막이다. 반딧불이야, 고마워. 내일 돌려보내 줄게. 원래 있던 장소로 보내 주세요. 나에게 멋진 일루미네이션을 선사해 줘서 고마워.

6월 24일

아무래도 퇴원은 힘들 것 같다. 나는 이대로 침대에서 끝을 맞이하는 걸까?

열여섯 살. 아직 하고 싶은 일이 많단 말이야. 듣고 있어, 신? 우우!

아빠와 엄마는 또 울었다. 미안해. 내가 아프지 않았으면 그런 괴로운 일은 겪지 않아도 됐을 텐데. 불효자라 죄송해요.

하지만 남은 몇 달은 마지막까지 웃는 얼굴로 지낼 수 있도록 노력하겠습니다! 나도 활기찬 내가 좋으니까!

하지만 체력적으로는 글씨를 쓰기가 좀 힘들어졌나⋯⋯ 정말 죽음이 가까워졌나?

히나타를 만나고 싶다. 아까 문병을 왔었지만, 금방 또 만나고 싶어진다. 히나타가 있는 병실은 공기가 다르다. 행복한 공기를 운반해 준다. 히나타가 돌아가는 뒷모습을 창문으로 볼 때가 제일 아쉽다. 하지만 히나타가 와줄 때가 제일 기쁘다.

신이여, 나는 앞으로 며칠을 더 잘 수 있을까? 앞으로 며칠, 아침에 눈을 뜰 수 있을까?

요즘은 침대에서 눈을 감는 것이 무섭다.

만나고 싶다

7월 1일

히나타의 깜짝 이벤트가 너무 대단했다! 설마 병원 부지 내에 도화선을 연결해서 불꽃놀이를 연출하다니, 하하. 과연 내 남자 친구. 행동이 대담하다. 그 뒤에 아주 혼쭐이 났다고 한다. 나서지 말고 도망치면 됐을 텐데…… 정리하러 돌아가는 점이 히나타답다.

덕분에 어른들에게 엄청 혼난 모양이다. 미안해, 히나타. 그런 일까지 겪게 해서.

7월 12일

어라? 이상하다? 글씨를 제대로 쓸 수 없다. 오른손이 말을 듣지 않는다. 어떡하지. 이래서는 히나타에게 미움받고 만다. 힘내야지!

히나타. 매일 문병 와줘서 고마워. 하지만 밤이 되면 무서워. 불안해. 히나타를 만나고 싶어……. 미안해, 오늘은 왠지 피곤하니 잘게.

7월 13일

오늘도 글씨를 쓰기 힘들다. 오늘은 히나타가 처음으로 문병을 와주지 않았다……. 무슨 일이 생겼나? 괜찮다고 말하지만 걱정된다. 부담을 주면 안 되니까, 참자, 참아. 하지만…… 만나고 싶다. 만나고 싶다. 만나고 싶다. 나의 하루는 평범한 사람의 한 달. 부탁이야, 내일은 히나타의 웃는 얼굴을 만나게 해줘…….

7월 14일

히나타. 그 얼굴은 어떻게 된 거야? 넘어졌다고 하지만…… 걱정된다. 나 때문에 히나타가 괴로운가? 그럼 미안해…… 정말.

히나타에게 보내는 나의 러브레터

7월 21일

글씨가 엉망이라 미안해. 손이 떨려서 쓰기 힘들어. 용서해 줘. 제대로 쓰지 못해서 분해. 이제 마지막까지 시간이 없는 모양이야. 의식이 몽롱해서 오랜 시간 쓸 수 없어. 그러니…… 조금씩이나마 감사하는 마음을 전하고 싶어…….

히나타, 미안해. 나는 히나타를 두고 먼저 천국으로 갈게.

나의 생일을 축하해 준 히나타……. 나는 올해 히나타의 생일을 축하해 줄 수 없을 것 같아. 미안해. 내년에도, 내후년에도 너의 생일에는 곁에 내가 없을 거야. 너를 이토록 좋아하는데, 이렇게나 사랑하는데…… 나는 네 곁에 있을 수 없어.

나를 잊고 다른 좋아하는 사람이 생겨도 괜찮다고 해도 너는 착하니까 몇 년은 혼자 지내려나? 하지만 괜찮아. 진짜 여자 친구가 생겨도…… 다만 사후 한 달 이내에 새로운 여자 친구는 아무래도 싫으려나?

나는 이 세상을 떠나기 전에 너에게서 다른 사람을 좋아하게 되는 마음을 많이 배웠어. 사람을 소중하게 여기는 따뜻한 마음을 모두 너에게 받았고, 알 수 있었어.

너에게 하나만 전하고 싶어. 있잖아…… 신은 평등하대! 인간은 죽을 때까지 좋은 일과 나쁜 일이 반씩 일어나게 되어 있대……. 그럼 오 대 오겠지? ……하지만 생각하기에 따라 모두 좋은 일이 되는 경우가 있대.

좋은 일
　너와 만난 것
　아빠, 엄마의 아이로 태어난 것
　고등학생이 되어본 것
　생일 축하를 받은 것
　히나타와 스트로베리 문을 같이 본 것

나쁜 일이지만 좋은 일로 바꿀 수 있는 일
　먼저 천국으로 가지만 젊은 상태로 죽을 수 있는 것

먼저 천국으로 가지만 너와 사랑에 빠진 것

먼저 천국으로 가니까 공부하지 않아도 되는 것

먼저 천국으로 가지만 병의 괴로움과 고통을 알 수 있었던 것

먼저 천국으로 가지만 좋아하는 너보다 먼저 죽는 것

진짜네. 생각하기에 따라 모두 좋은 일이 됐어……. 신은 나에게는 평등하지 않고 결국에는 관대했구나. 내가 귀엽기 때문인가? 하하. 그야 나에게는 모두 좋은 일이니까……. 미안해, 곁에서 함께 웃을 수 없어서 정말 미안해.

나는 깨끗하게 모두 잊어줘.

그리고 진심으로 좋아하는 사람을 만나.

그 좋아하게 된 사람과 행복한 가정을 꾸려줘.

그리고 멋진 아빠가 되어줘.

한 가정의 가장으로 일도 열심히 해줘.

매일 위안을 주는 가족을 소중하게 여겨줘.

아들과 캐치볼을 하며 놀아줘.

부끄러울지도 모르지만, 결혼식장에서 딸과 함께 입장해줘.

조금이라도 좋으니 원하는 직업을 얻어 인생을 나아가 정년을 맞이해줘.

여유로운 시간 속에서 손주와 손을 잡고 걸으며 행복을 느껴줘.

그리고…… 앞으로 칠십 년쯤은 반드시 더 살아줘.

너의 행복을 언제까지고 항상 바랄게.

너와 만날 터인 칠십 년 뒤를 기대하고 있을게. 나는 열여섯 살인 채겠지만, 너는 여든여섯 살의 할아버지겠지? 내가 히나타를 알아보려나?

거짓말이야. 반드시, 반드시 알아볼 거야……. 그야 내가 마지막으로 좋아한 사람이니까.

하지만 너는 그때 나에게 뭐라고 말할까? 누구야? 이건 싫다, 큭큭.

"모에는 여전히 예쁘구나."

이렇게 말해줘. 여자는 좋아하는 사람에게 칭찬받는 게 제일 기쁘거든. 꼭 지켜야 해!

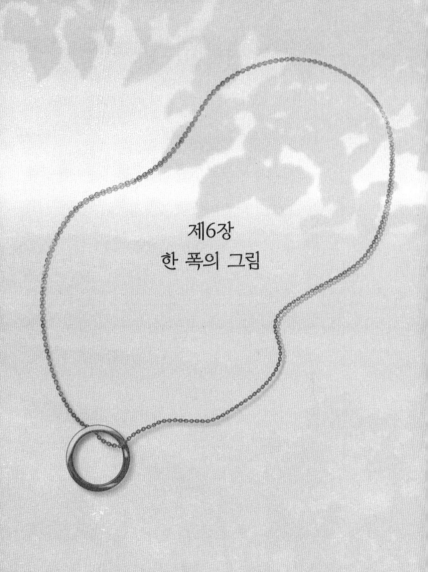

제6장
한 폭의 그림

병원에서 온 연락

7월 28일. 전화가 울렸다. 모에의 어머니였다. 바로 병원으로 오라는 말이었다.

병원에 도착하자 모에의 아버지와 어머니가 중환자실 앞에서 심각한 표정으로, 서고 앉기를 반복하고 있었다. 어머니는 나를 보자마자 나의 두 손을 잡고 통곡했다. 잠시 뒤, 아버지가 나에게서 어머니를 떼어냈다. 아버지가 나에게 깊숙이 머리를 숙였다.

"오늘이나 내일이 고비라고…… 작별 인사를 해줄 수 있을지……."

나는,

"괜찮아요. 모에는 괜찮을 거예요! 그러니까, 그러니까……."

계속해서 아버지에게 몇 번이나 호소했다. 모에의 아버지가 그대로 무너지며, 잠시 일어나지 못했다.

그것은 자신에게 들려주기 위한 말이었다.

그리고······ 어머니가 보여준 건 모에가 의식을 잃기 직전까지 쓰던 일기였다. 나는 병원의 딱딱한 소파에 앉아 모에의 글씨를 하나하나 소중하게 따라가며 집중해서 읽었다.

그녀의 문장을 한 줄씩 읽을 때마다 눈물이 볼을 타고 바지로 떨어졌다. 스스로 감정을 제어할 수 없다. 나는 병원의 대기실임에도 개의치 않고 아이가 울부짖는 것처럼 몸을 떨며 통곡했다. 몇 번이나 한심한 자신을 책망하며 주먹으로 허벅지를 때렸는지. 오열하며 바닥에 주저앉아 나도 얼마간 일어나지 못했다. 모에의 마음을 느끼고 나의 모든 것이 붕괴했다.

처음부터 나를 알고 있었다니 전혀 몰랐다. 입학식에서 처음 만났다고 생각했다. 그 몇 시간 뒤에 사귀는 사이가 된 것에 나도 놀랐다. 그로부터 우리는 점점 거리를 좁히며 진정한 연인이 되었다. 입학식 전에 두 번이나 만났었구나, 우리는.

아직 전하지 못한 게 있어. 모에, 기다려줘······.

해바라기의 꽃말

나는 병원을 뛰쳐나가 자전거를 타고 달렸다. 속으로 '기다려줘! 기다려줘! 기다려줘!'라고 계속 반복하며 페달을 밟았다.

땀과 눈물로 앞이 보이지 않는다. 몇 번이나 손으로 닦으며 목적지로 향했다. 도착하자마자 자전거를 버리듯이 내리고, 목적한 인물을 필사적으로 찾았다. 운 좋게 그 농장의 사람이 있었다. 나는 그 사람에게 달려갔다.

"부탁입니다. 제발 부탁드려요. 여자 친구가, 여자 친구가……. 여자 친구에게, 여자 친구에게 이 해바라기를 전달하고 싶어요. 지금 돈은 이거밖에 없어요. 백 송이를 사면 얼마죠? 반드시 일해서 갚을 테니까…… 부탁드립니다."

나는 필사적으로 손에 1만 엔을 쥐고 그 사람에게 울며 매달렸다.

"진정하거라. 알겠으니까, 알겠으니까 사정을 말해봐."

아저씨가 친절한 표정으로 나를 일으키고 미소를 머금으

며 나의 이야기를 들어주었다. 나는 어떻게 해서든 해바라기가 필요하다는 마음을 전달했다.

아저씨는 상황을 이해해 주었다. 그리고 사모님에게 전화하여, 경트럭 가득 2, 3백 송이쯤 되는 해바라기를 싣고, 내 자전거도 같이 실었다.

"세이신 대학병원이랬지. 이건 아저씨가 선물로 주마. 돈은 됐어. 자네가 자전거를 타고 이 길을 몇 번이나 지나가는 걸 봤거든. 자네에게 그런 이유가 있었을 줄이야. 그럼 여자 친구에게 제대로 마음을 전달하게나."

그러며 나를 조수석에 태우고 세이신 대학병원까지 데려다주었다. 중간에 대학병원의 원장과 동창이었다며, 해바라기를 병원으로 반입하는 것을 허락받는 전화까지 해주었다. 입구에 도착하자 여러 명의 병원 관계자가 수레를 준비해 주었다.

"그럼, 청년! 힘내거라."

"감사합니다. 이 은혜는 평생 잊지 않겠습니다. 정말 감사합니다."

나는 정중하게 인사했다.

"젊은이는 그런 거 신경 쓰지 말게나! 아저씨도 젊은이의 도움이 되어 다행이야."

그리고 창문으로 손을 흔들면서 왔던 방향으로 트럭을 몰았다.

수백 송이를 나누어 싣고 수레를 끌었다. 화물용 엘리베이터를 타고 모에가 있는 병실로 서둘러 갔다.

병실에서는 아버지와 어머니, 할머니가 울면서 모에에게 말을 걸고 있었다. 부모님과 눈을 마주치고 고개를 살짝 끄덕인 다음, 침대의 반대편으로 달려갔다. 모에의 왼손을 잡았다.

방 한가득 해바라기 수백 송이를 전달했다. 나는 모에에게 말을 걸었다.

"모에! 모에! 같이 보러 가자고 했던 해바라기밭에서 받아왔어! 들려? 모에! 모에야!"

나는 모에에게 큰 소리로 말을 걸었다. 모에의 의식이 잠깐 돌아왔다.

"모에, 해바라기의 꽃말은 변하지 않은 마음이라며. 나는 널 영원히 좋아할 거야! 이 마음은 영원히 변하지 않아!"

모에의 눈에서 눈물이 흘렀다.

"해바라기 예쁘네."

힘은 없지만, 편안한 표정으로 말했다.

"모에가 죽을 때까지 좋은 일과 나쁜 일이 반반이고, 모에에겐 모두 좋은 일이었다면, 나에게도 모두 좋은 일이었어. 있잖아, 모에야, 들려? 나도 좋은 일밖에 없었어!

모에와 만난 것.

모에와 사귀게 된 것.

모에의 생일을 축하한 것.

모에와 스트로베리 문을 본 것.

모에와 둘이 자전거를 탄 것.

모에와 손을 잡은 것.

모에에게 반딧불이를 보여준 것.

모에에게 불꽃놀이를 보여준 것.

모에에게 해바라기를 보여준 것."

나는 아버지와 어머니에게 죄송하다고 사과했다.

"그리고 마지막으로 모에와 첫 키스를 나눈 것."

그렇게 말하고 모에의 마스크를 떼고 2, 3초간 키스했다. 모에가 미소를 지었다.

"고마워…… 다행이야. 첫 키스를 경험하고 죽을 수 있구나, 나. 영원히…… 영원히 사랑해, 히나타. 나도 영원히 변하지 않은 마음이니까……."

모에의 의식이 멀어지는 와중에도 마지막 힘을 짜내 나에게 그 말을 전했다. 그리고 눈을 감고 온화한 표정으로 잠이 든 것처럼 움직이지 않았다.

병실에는 모에의 이름을 외치는 소리가 몇 번이나 허무하게 울렸다.

나의 곁에는

모에가 죽고, 장례식을 치를 때까지 어떻게 지냈는지 거의 기억이 나지 않는다. 기억이 없다기보다는 생각하는 것이나 남과 이야기하는 것을 방치했을지도 모른다. 그날부터 회색 풍경만이 매일 지나갔다.

출관할 때도 나는 누구에게 무엇을 말했던가? 어떻게 거기까지 갔는지도 기억나지 않는다. 그저 정신이 들면 방에서 눈물만 줄줄 흘리고 있었다.

그로부터 매일같이 계속 울면서 보냈다. 눈물이 마르는 일은 없다는 것을 깨달았다.

가와겐과 후양이 걱정하여 몇 번이나 우리 집을 찾아왔으나, 금방 일어나지 못했다. 여름방학인 것도 있어서 혹시 내가 멍하니 있거나, 폐인이 되더라도 누구에게 폐를 끼치는 일은 없다고 생각했기 때문이다.

나는 미안하지만 돌아가달라고 전하고, 걱정하는 두 사람을 놔둔 채 방에 계속 틀어박혔다.

물론 부모님도 걱정했다. 식욕은 없지만, 너무 걱정시키는 것은 좋지 않으므로 소량이라도 먹었기에 부모님도 그 점만은 안심했다. 나는 그저 숨을 쉬고, 잘 뿐. 감정이며 모든 것이 나의 내면에서 없어졌다고 느꼈다. 레이가 매일 찾아와 힘을 북돋워 주려고 하였으나, 나의 무기력함에 결국 울면서 돌아갔다.

"정신 차려!"

호통과 함께 한번은 있는 힘껏 뺨을 맞았으나, 나는 아픔 따위는 아무래도 좋은 상태였다.

모에가 죽은 지 20일쯤 지난 8월 15일에 모에의 어머니로부터 전화가 왔다. 다음 날 나는 시키는 대로 지정된 장소에서 모에의 어머니와 만날 약속을 잡았다.

그동안 머리를 자르지 않은 터라 덥수룩해진 것이 조금 신경 쓰였으나, 일단 외출하기에 문제는 없는 차림을 하고 약속한 장소로 향했다. 장례식 이후 첫 외출이 도쿄가 될 줄은 몰랐으나, 모에의 어머니가 꼭 만나고 싶다고 부탁하였기에 전철을 갈아타고 도쿄역을 경유하여 우치사이와초에 있는 크고 객실이 많은 유서 깊은 듯한 멋진 호텔 로비로 향했다.

샹들리에로 장식된 넓은 천장. 커다란 기둥으로 둘러싸인 고급스러운 느낌이 가득한 로비는 시골 고등학생인 나를 압도했다. 본 적도 없는 빨간색 아이스크림 같은, 비싸 보이는 생화가 장식된 오브제는 앞으로 평생 볼 일이 없을지도 모른다. 대리석이 깔린 바닥은 번쩍번쩍해서 이 자리와는 어울리지 않는 폴로셔츠에 청바지, 스니커즈를 신은 나를 지면에서 반사시켰다.

모에의 어머니가 로비까지 나를 마중 나왔다. 남색 투피스에 흰색 셔츠를 입었다. 당연하지만 유서 깊은 호텔에 어울리는 제대로 된 의상을 갖추었다.

"사토 군…… 힘들게 도쿄까지 와줘서 고마워. 그리고 미안하구나, 이런 곳까지."

정중하게 인사한다. 그리고 나의 얼굴을 지그시 바라보았다.

"그 애가 사토 군에게 남긴 마지막 선물이란다……. 사토 군, 오늘 생일이지? 생일 축하해."

모에의 어머니는 그렇게 말하고 나에게 웃으면서 작은 상자를 건넸다. 상자를 손에 든 나에게 말을 건다.

"오늘 여기까지 오도록 한 이유가 있어서……. 이쪽으로 와주겠니."

모에의 어머니는 나를 에스컬레이터를 타고 2층으로 안내했다. 로비보다 사람이 더 많다. 모두 정중한 차림을 하고 있어서 나만 엉뚱하게 보일 것 같다. 자리에 맞지 않은 차림이 조금 부끄러워졌다.

커다란 안내판이 설치되었고, 거기에는 현대미술 회화전 우수 작품 발표회라 쓰여 있었다.

안으로 안내를 받아 한 폭의 그림 앞에 섰다.

그 그림을 본 순간, 나의 볼을 타고 눈물이 흘렀다. 그녀를 위해 흘리는 슬픈 의미의 마지막 눈물이었다.

'제목 〈당신의 행복한 미래〉 사쿠라이 모에'

그 그림에는 나로 보이는 남성이 행복한 얼굴로 그려져 있었다. 그 옆에는 여성이 그려져 있고, 아이들도 웃는 얼굴이다. 아들과 딸도 존재했다. 무척이나 행복해 보이는 4인 가족이었다.

하지만……. 여성의 얼굴만은 그려져 있지 않았다. 모에가 일기로 사과한 건 이것을 가리킨 것이었나…….

"그 아이는…… 마지막까지 도저히 여성의 얼굴만은 그리지 못해서…… 그래도 사토 군이 행복하기를 바라며 끝까지 열심히 그렸단다. 너에게 보여줄 수 있어서 정말 다행이야. 모에가 바랐듯이 너는 멋진 사람을 찾아 행복한 인생을 살으렴. 그것이 모에를 잊은 것이 되지는 않으니까……."

나는 모에를 위해 흘리는 슬픔의 눈물은 이것으로 끝낼 수 있었다. 모에가 열심히 그려준 그림을 보며 이제야 깨달았다.

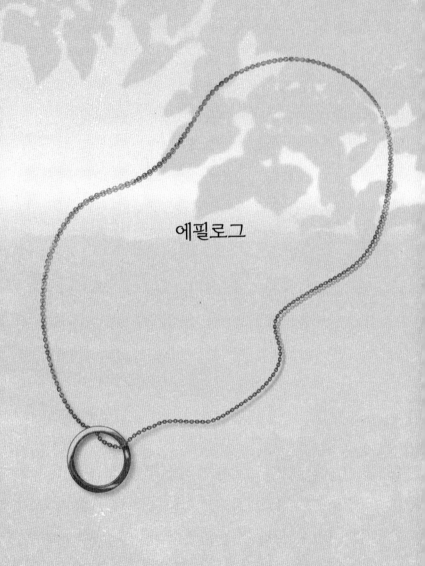

에필로그

영원히

아무도 없는 옥상으로 초여름의 기분 좋은 바람이 실려 왔다. 전등이 켜져 노란빛이 온몸을 비추었다. 손잡이에 기대며 아직 밤이 깊지 않은 하늘로 고개를 들어 평소와 다른 달을 쳐다보았다.

11년, 슬프게도 모에가 없는 세상은 아무 일도 없이 나아갔다. 모에가 없는 상상할 수 없던 세상. 그 세상은 어떤 색깔의 공간, 어떤 냄새의 공기로 만들어졌을지 불안하게 생각한 것이 쓸데없을 만큼.

무기질적이고 빛바랜 경치는 히나타의 마음을 항상 어두침침하게 뒤덮었다. 히나타만을 남기고 세상은 아무 문제 없이 돌아갔다. 한 걸음 앞으로 내딛는 것조차 주저되는 히나타만을 놔두고…….

히나타는 눈을 감고 목걸이에 끼운 반지를 강하게 쥐었다.

모에게

　그로부터 벌써 11년이나 지났어. 우연히도 11년 전인 2012년과 같이 올해도 6월 4일과 스트로베리 문이 보이는 날이 같아. 이런 일을 사는 동안 두 번이나 경험하게 됐네.

　그럼 나는 다시 한번 너와 만날 수 있는 기적을 바라. 그 외에는 아무것도 바라지 않아.

　네가 죽은 뒤, 나의 생일인 8월 16일에 너의 어머니가 맡겨준, 내가 준 것과 세트인 핑키링. 지금도 소중하게 잘 갖고 있어.

　옥상에서 보는 스트로베리 문은 같이 본 그날과 다를 바 없이 예뻐.

　나는 아무것도 변하지 않았어. 나는 지금도 너를 그리워해. 내가 그쪽에 갈 때까지 네가 말한 70년 뒤인 여든여섯 살이 되려면 앞으로 59년이 남았는데 기다려줄 수 있을까?

　아무래도 다른 사람을 좋아하게 될 기분이 드는 건 앞으로 59년 동안 없을 것 같아. 내가 그쪽에 가면 할아버지일 텐데 알아보려나?

그 그림의 옆에 있는 건 모에지, 다른 누구도 아니야.

나는 말주변이 없지만, 모에를 발견하면 모에의 말대로 여전히 예쁘구나! 라고 확실히 칭찬할게.

오늘의 스트로베리 문은 그날 모에와 같이 본 것처럼 예쁘고, 애틋하고, 그리고 근사한 색깔이야.

사토 히나타는 사쿠라이 모에를 사랑합니다. 영원히 변하지 않는 마음 그대로······.

스마트폰이 울렸다. 통화 아이콘을 스와이프하여 전화를 받았다.

"그래, 오늘은 야근이라 안 돼······. 어? 그래, 후양도, 레이도 있다고? ······응, 미안해. 다음에 갈게. 어? 괜찮아! 몸이 건강한 것과 근성이 있는 게 나의 장점이니까······ 응. 가와겐, 고마워."

통화 버튼을 눌러 전화를 끊고, 흰 가운 왼쪽 주머니에 스마트폰을 넣었다. 동시에 옥상 문이 열렸다.

"사토 선생님, 다행이네요. 아직 돌아가지 않으셔서. 항상 옥상에 계시네요. 응급환자예요. 부탁드립니다."

"바로 가겠습니다."

나는 다시 한번 목에 걸린 핑키링을 쥐고 돌아보며, 왼손에 든 사진집을 소중하게 끌어안았다. 모에를 생각하며 하늘에 뜬 스트로베리 문을 다시 한번 올려다보았다.

〈끝〉

역자 후기

아쿠타가와 나오의 데뷔작이기도 한 작품 《스트로베리 문》은 이제 막 고등학생이 된 소년과 소녀의 순수한 사랑을 다룬 이야기입니다. 새로운 학교에서 두근거리는 새 출발을 시작한 설렘과 귀여운 두 학생의 모습이 어우러져 풋풋한 느낌이 가득한 소설이에요.

제목에도 나온 스트로베리 문은 6월에 뜨는 보름달을 가리키는 말로, 아메리카 원주민이 딸기를 수확하는 시기에 맞춰 붙인 이름이라고 전해집니다. 우리 말로 '딸기 달'이라고 불러도 너무 귀여운 이름 같아요. 유래는 딸기 수확과 관련이 있을지 몰라도 로맨틱한 이름 덕분인지 이 보름달에 소원을 빌면 특히 사랑을 이루어주는 것으로 유명하다고 해요. 물론 이 작품에서도 스트로베리 문은 사랑의 매개 역할을 톡톡히 해내고 있어요. 저는 솔직히 달은 그냥 시간이 지나면 매일 보이는 모양만 다를 뿐이라고 생각해 무슨무슨 달이 뜬다고 뉴스에서 봐도 대충 넘겨왔었요. 하지만 앞으로는 하늘도 올려다보면서 낭만을 즐겨보려고 해요. 작업하면서 쉬는 시간에 저희 강아지와 창밖을 바라보니까 은근히 힐링도 되고 좋았거든요.

그런데 이 작품은 초반의 풋풋하고 귀여움과는 별개로 비극을 전제로 하고 있습니다. 초반부터 은근히 여자 주인공인 모에가 건강이 좋지 않은 것으로 묘사되고, 불길한 예감은 어느새 현실이 되어 독자에게 안타까움을 더하게 됩니다. 울기도 하고 현실을 부정하기도 하지만 두 사람은 끝까지 최선을 다하여 서로를 아껴주는 모습을 보여요. 죽음 앞에 의연할 수 있는 사람은 거의 없을 테고 무엇을 해도 후회는 남겠지만, 그래도 누구보다 사랑했다고 자부할 수 있을 거예요.

물론 독자 여러분도 스트로베리 문이라며! 사랑을 이루어준다며! 하고 억울한 마음이 약간 들지도 모르겠습니다. 하지만 해가 지나고 6월이 오면 어김없이 다시 스트로베리 문이 뜨는 것처럼 시간이 지나도 남은 사람의 마음이 변하지 않는 한, 두 사람의 사랑은 영원한 것이 아닐까요? 그러려면 우리의 남자 주인공, 히나타의 책임이 막중하겠지만 멋진 어른으로 자란 것을 보면 충분히 가능할 것 같아요. 그리고 우리는 여전히 히나타의 좋은 친구들로 지내는 그들처럼 응원하는 마음으로 지켜보면 될 것이고요.

순수하고 아름다운 이야기를 복잡하지 않은 문장과 영상을 보는 듯한 묘사로 이제 본격적으로 독서를 시작하고 싶은 분부터 찬란하게 빛나는 청춘 소설을 원하는 분까지 다양하게 즐길 수 있는 작품이에요. 저도 다양한 독자층에 읽히길 바라면서 작업했고요. 사실 내용이 어려운 작품은 아니지만, 나의 인생 전체를 건 사랑을 다룬다는 점에서 주제는 전혀 쉽지 않다고 느꼈어요. 이러한 작품이 데뷔작이라니 벌써 다음 작품이 기대됩니다.

이진아

Strawberry Moon

스트로베리 문

2024년 9월 26일 1판 1쇄 발행

지 은 이 아쿠타가와 나오
옮 긴 이 이진아
발 행 인 유재옥

이   사 조병권
출판본부장 박광운
편 집 1 팀 박광운
편 집 2 팀 정영길 조찬희 박치우 정지원
편 집 3 팀 오준영 이소의 권진영
디자인랩팀 김보라 차유진
디지털사업팀 박상섭 김지연 윤희진
라이츠사업팀 김정미 맹미영 이윤서
영업마케팅팀 최원석 박수진 이다은
물 류 팀 허석용 백철기
경영지원팀 최정연
발 행 처 (주)소미미디어
등   록 제2015-000008호
주   소 서울시 마포구 토정로 222, 502호(신수동, 한국출판콘텐츠센터)
판   매 (주)소미미디어
전   화 편집부 (070)4164-3960 기획실 (02)567-3388
              판매 및 마케팅 (070)8822-2301, Fax (02)322-7665

ISBN 979-11-384-8425-1 (03830)